趣味几何学

〔俄〕雅科夫·伊西达洛维奇·别莱利曼　著

李薇薇　译

四川大学出版社
SICHUAN UNIVERSITY PRESS

图书在版编目（CIP）数据

趣味几何学 ／（俄罗斯）雅科夫·伊西达洛维奇·别莱利曼著 ；李薇薇译 . — 成都：四川大学出版社，2024.3

ISBN 978-7-5690-5288-6

Ⅰ . ①趣… Ⅱ . ①雅… ②李… Ⅲ . ①几何—普及读物 Ⅳ . ① O18-49

中国版本图书馆 CIP 数据核字（2021）第 277765 号

书　　名：趣味几何学
　　　　　Quwei Jihexue
著　　者：〔俄〕雅科夫·伊西达洛维奇·别莱利曼
译　　者：李薇薇

选题策划：王小碧　宋彦博
责任编辑：曹雪敏
责任校对：庄　溢
装帧设计：牧田文化
责任印制：王　炜

出版发行：四川大学出版社有限责任公司
　　　　　地址：成都市一环路南一段 24 号（610065）
　　　　　电话：（028）85408311（发行部）、85400276（总编室）
　　　　　电子邮箱：scupress@vip.163.com
　　　　　网址：https://press.scu.edu.cn
印前制作：北京牧田文化传播有限公司
印刷装订：北京长宁印刷有限公司

成品尺寸：170 mm×240 mm
印　　张：9.5
字　　数：158 千字

版　　次：2024 年 6 月 第 1 版
印　　次：2024 年 6 月 第 1 次印刷
印　　数：1-10030 册
定　　价：43.00 元

扫码获取数字资源

四川大学出版社
微信公众号

目 录

第 1 章 树林中的几何学

影子测高法

小时候发生的一件事情，令我记忆犹新：我看到一位护林人正用一件袖珍仪器测量一棵大松树的高度。当时我以为这个人会拿着皮尺爬到树顶去测量，谁知道他只是拿出一块四方形的木板，对着树梢瞄了一下，就说"测量完成了"，然后就收起了那个袖珍测量仪。我非常诧异，以为他还没有开始测量呢……

采用这种方法测量高度的好处就是既不需要爬到树顶，也不用将大树砍倒。对于小时候的我来说，这简直就是神奇的"魔法"。直到我学了初等几何学后才破解了"魔法"的奥秘。同时我也知道了各种各样只利用最简单仪器，甚至根本不需要任何仪器就可以进行测量的方法。

比如，公元前 6 世纪，古希腊哲人泰勒斯测量埃及金字塔高度的方法，不仅是最古老，而且是最容易的方法。泰勒斯当时就是通过金字塔的影子来测量其高度的。据说，泰勒斯进行测量的日期和时间，就是他自己的影子长度恰好等于他身高的时候。因为这时候，金字塔的高度也应当与它的影子长度① 相等。测量那天，在最高的金字塔脚下，埃及的法老和祭司们都热切地望着这位北方来客，亲眼见证了他利用影子来测量这座巨大建筑物高度的全过程。

今天，我们很容易理解这位古希腊哲人的方法。但是有一点我们不要忘

---

① 先找出金字塔底部正方形一条边的中点，测量从这个中点到金字塔影子顶点的长度，这个长度就是金字塔的高度。

记，现在的我们是站在"几何学大厦"的上面解答问题，而这个"大厦"则是由泰勒斯以及以后的许多人共同建立起来的。我们现在一直在学习的几何学书籍，是大约公元前300年的古希腊数学家欧几里得所著，至今一直被使用。现在每一个中学生可能都已熟知书中的一些定理，但在泰勒斯所处的年代，他能用的最佳方法，就是通过了解三角形的一些几何性质，再利用影子来测量金字塔的高度。

下面就是他所利用的三角形的两个特性：

1. 任意三角形的三个内角的总和等于180°。

2. 等腰三角形的两底角彼此相等；反过来说，三角形的两角相等，它们的对边必然相等。这个特性还是泰勒斯发现的。

泰勒斯就是因为知道三角形的这两个特性，才能够推断出，当他的影子与他的身高相等时，日光射向水平地面时的角度是直角的一半。由此得出，金字塔的顶点、塔影的端点以及塔底的中心点这三点恰好形成了一个等腰三角形，也就是说金字塔的顶点到塔底中心点的距离，与塔底中心点到塔影端点的距离是相等的。

这种方法只适用于在晴朗天气测量间隔较远的大树的高度，因为邻近大树的阴影容易混在一起。然而并不是所有地区都像埃及一样，能够很容易就选择到适宜的时间，比如说在纬度较高的地区。由于高纬度地区太阳升起得比较低，所以只有在夏季中午前后的短暂时间里，影子才与其物体的高度相等。因此，泰勒斯测量高度的方法并不适用于所有地区。

当然，我们可以将上面的方法改进为只要有太阳就可以利用任何物体的影子来测量。如图1所示，我们先测量出影子的长度，然后再测量出自己的身高或者一根木杆影子的长度就可以了。通过运用比例关系就能够计算出需要测量的高度：

$$AB : ab = BC : bc$$

图 1

依据几何学中两个相似三角形 *ABC* 与 *abc*（因为两角相等）的关系，我们可以得出：树影的长度是你身高或木杆影子长度的几倍，树高也恰好是你身高或木杆长度的几倍。

也许你会有这样的想法：这么简单的规则根本不需要运用几何学就能得出。实际上，事情并不是你想得那么简单，比如应用到街头路灯投下的阴影上，这个规则就不对了。如图 2 所示，我们可以看到木柱 *AB* 的高度是木橛 *ab* 高度的 3 倍，然而木柱影子 *BC* 的长度却相当于木橛影子 *bc* 长度的 8 倍。要想解释清楚为什么这个方法在一种情形下行得通，而在另外一种情形下却行不通，就必须用到几何学。

图 2

这两种情形的区别究竟在哪里？原来，太阳射来的光线都是彼此平行的，但是路灯射来的光线却不是平行的。但是，为什么对于太阳射来的光线我们说它们是平行的呢？在射出来的那一点上它们不是一定会相交吗？你知道为什么吗？

因为太阳射到地面上的各道光线之间的角度小到可以忽略不计，所以我们才把射到地面上的太阳光线看作平行的。我们只需要应用一个最简单的几何学运算就能证明。首先，我们先假设从太阳上某一点发出两道光线，分别落到地面的某两点，而这两点间的距离为 1 千米。换句话说，假设我们在太阳发出光线的那一点上面放圆规的一只脚，而将太阳到地球之间的距离，即 150 000 000 千米作为半径，用圆规另一只脚画一个圆，弧长——夹在两道光线即两条半径之间，就是 1 千米，从而我们可以得出这个巨圆的周长就是 $2\pi \times 150\,000\,000$ 千米，也就是约 940 000 000 千米。这个圆周上每一度的弧长是圆周长的 $\frac{1}{360}$，每一度弧长也就是约 2 600 000 千米；而每一分的弧长是每一度的 $\frac{1}{60}$，每一分弧长也就是约 43 000 千米。以此类推，每一秒的弧长是每一分的 $\frac{1}{60}$，每一秒弧长也就是约 720 千米。已知我们的弧长只有 1 千米，所以它所对应的角度就只有 $\frac{1}{720}$ 秒。即使是最精确的天文仪器，也很难测量出这么微不足道的角度。所以，实际上我们就可以将太阳光线看作相互平行的直线。

如果我们对这些几何知识一无所知的话，那么上述利用影子来测量高度的方法也就没有任何根据了。

如果你实地去实验的话，马上就会发现影子测量法并不是百分之百可靠，因为阴影的尽头并不是很确定，所以我们无法准确地测量出它的长度。太阳光投射出来的每一个影子都存在一个问题：就是在尽头都有一个轮廓不清楚的、淡淡的半影，而使阴影的尽头无法确定的正是这个半影。这是因为太阳是一个巨大的发光体，并不是一个点，光线是从它表面上的许多点射出来的。看看图 3，就可以知道树影 BC 为什么会多出一段逐渐消失的半影 CD 了。半影两端 C 和 D 与树梢 A 形成的 $\angle CAD$ 和我们看太阳圆面所夹的视角是一样的，就是半度。即使在太阳位置并不过低的时候，由于阴影量得不完全准确所造成的误差也可能会达到 5%，甚至更多。同时也会存在一些不可避免的误差，比如由地面不平所引起的误差等。测量的结果在这两个误差的影响下会变得很不可靠。所以，丘陵地带完全不能采用这个方法。

图 3

> **趣味小知识：**
>
> 金字塔被称为世界七大奇迹之一。最高的金字塔是胡夫金字塔，原高 146.59 米，原底长 230.37 米，共用 230 万块石块砌成，平均每块重 2.5 吨，石块之间没有任何黏着物，靠石块的相互叠压和咬合垒成。

另外两种测高法

测量物体高度不只有利用影子的方法，我们先说两个最简单的方法。

第一，我们只需要一个最简单的三针仪，然后利用等腰直角三角形的特性即可进行测量。这种三针仪的制作很简单，需要一块木板或者有一面是光滑面的树皮和三枚大头针就够了。在木板上或者树皮的光滑面上画一个等腰直角三角形，然后把三枚大头针分别钉在三角形的三个顶点上，如图 4 所示，一个用于测高的简易三针仪就做好了。

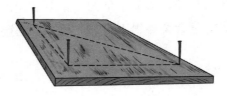

图 4

如果你找不到三角板，绘不出标准的直角，也没有圆规，绘不出两条相等的边长，也不要紧。你还可以先将一张纸对折一次，再横过来对折一次，这样就得到直角了。同时，圆规也可以用这张纸片来替代，从而量出相等的距离来。即使在露营的时候，也完全可以制造出这样的仪器。

实际上，这个仪器的使用也不难。首先，站在需要测量的大树附近，拿好仪器，一直保持三角形的一条直角边呈竖直状态，在这条直角边上端的大头针上面系一条细线，让其垂下，并在下面拴上一块重物，让这条细线与这个直角边恰好重合就可以了。随后，如图 5 所示，通过走近或远离这棵树，找出点 A，当你站在点 A 时，通过大头针 a 和 c 望去的时候，这两枚大头针恰好可以将树梢 C 遮掩住。也就是说，直角三角形的弦 ac 的延长线恰好通过点 C。显然，因为 $\angle a = 45°$，所以距离 aB 等于 CB。

所以，在地面平坦的情况下，只要量出 aB 之间的长度（它等于 AD 的距离），然后加上 BD 的长度（即你的眼睛与地面之间的距离），就可以算出树的高度了。

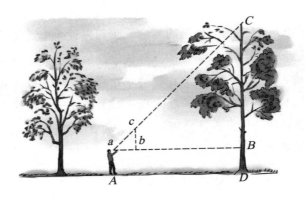

图 5

　　除此之外，还有一种连三针仪都不需要的方法。只需要一根长杆，将其竖直地插在地面上，使地面以上露出的部分与你的身高恰好相等，严格地说，长杆露在地面以上的部分应该等于你站立的时候眼睛离地面的高度。如图 6 所示，插长杆的地方需要经过一番选择：人在仰面躺下以后，使脚跟与杆脚紧密接触，同时要求眼睛看到杆顶与树梢恰好在同一条直线上，这样才能选定插这根杆的位置。由于 $\triangle Aba$ 是一个等腰直角三角形，$\angle A = 45°$，因此 $AB = BC$，也就是说，树的高度与你的眼睛到树根的距离相等。

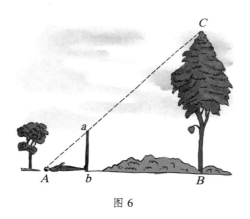

图 6

> **趣味小知识：**
>
> 　　现代，随着全球定位系统（GPS）的广泛应用，出现了 GPS 经纬度测量仪，可以进行人力难以实现的高度测量。采用 GPS 技术测量的海拔，其精度已达到毫米级。还有可用于土地、山林面积测量的 GPS 卫星定位测亩仪、农田土地面积测量仪、山林坡地测量仪等。

儒勒·凡尔纳测高法

　　儒勒·凡尔纳在著名小说《神秘岛》中，生动、详细地描述了一种测量物体高度的方法，这种方法用起来也很简单。

"今天，我们要去量眺望岗的高度。"工程师说。

"您要使用什么仪器吗？"赫伯特问。

"不，用不着，我们要换一种跟昨天一样简单而准确的方法。"

这位年轻人只要有机会，什么东西都想学，所以他跟着工程师从花岗石壁上下来，向海滨走去。

工程师拿了一根长约 3.7 米的直木杆，把它跟自己的身高对比，他对自己的身高是很清楚的，这样就可以把木杆的长度量得尽可能准确。赫伯特跟在工程师后面，手里拿着工程师交给他的悬锤，这是一块系在绳子上的石块。

走到离陡峭的花岗石壁大约 152 米的地方，工程师把木杆插进土里，插下大约 0.6 米深，并且用悬锤把它校正到竖直的位置，然后把它插牢。

插好木杆，他就走开一段距离，找到一个地方，在沙滩上仰面躺了下来，在这里他的眼睛恰好看到木杆尖端跟峭壁的顶端在一条直线上（图 7）。他在这一点上小心地插了一个木橛做标记。

图 7

"你知道几何学的基本原理吗？"他从地上爬起来，向赫伯特问道。

"知道。"

"还记得相似三角形的性质吗？"

"它们的对应边成比例。"

"对。那么你看，我现在做两个相似的直角三角形。小的一个的一边是这根竖直的木杆，另一边是木橛到杆脚这段距离；而弦呢，就是我的视线。另一个三角形的两边是我们要测定高度的峭壁，以及从木橛到峭壁脚下的距离；而弦也是我的视线，跟第一个三角形的弦重合。"

"我明白了！"这个年轻人叫了起来，"木橛到木杆的距离跟木橛到峭壁脚的距离的比，恰好等于木杆的高度跟峭壁高度的比。"

"不错。因此，我们只要量出前面两个距离，那么，已经知道木杆的高度，就可以算出这个比例式里未知的第四项，也就是峭壁的高度。你看，我们不是不用直接用尺去量，就测出峭壁的高度了吗？"

两个水平距离量出来了：小的是 4.6 米，大的是 152 米。

量完以后，工程师列出下面的算式：

$$4.6 : 152 = 3.1^{①} : X$$

$$152 \times 3.1 = 4.6X$$

$$X \approx 102$$

这就是说，花岗石峭壁的高度大约等于 102 米。

侦察小组的测高法

前面提到的测高法虽然简单，但是必须躺倒在地就不太方便了。为了避免这个麻烦，我们也想出了其他办法。

比如，某次战争中，有一支小分队接到上级指令，需要在一条山涧上面建一座桥，可对岸有敌人盘踞。小分队指挥员便派出了一个侦察小组去侦察架桥的地点。侦察小组从附近的密林里选出了一棵最适合的树，然后通过测

---

　①　前面讲过杆长 3.7 米，插在沙土里的一段长 0.6 米，所以这里的 3.1 米是指木杆露在地面以上一段的高度。

量树的高度和直径，最终算出了需要用来架桥的树木大约的数量。如图8所示，方法如下：

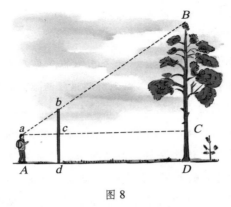

图 8

首先，找一根略高于自己的木杆，竖直插在要测的树前面，与树相距一段距离。然后，沿着 *Dd* 的延长线从木杆那里向后退，退到地点 *A* 停下，使你的眼睛、木杆顶端 *b* 和树梢 *B* 恰好在同一条直线上。随后，保持头部不动，视线沿水平直线 *aC* 的方向望去，确定视线与木杆相交的 *c* 点和与树干相交的 *C* 点，并在这两个点上做好标记。至此，所有的观测工作就完成了。剩下的工作就是依据△ *abc* 和△ *aBC* 相似的关系，通过比例式 *BC*:*bc* = *aC*:*ac*，可以得出：

$$BC = bc \times \frac{aC}{ac}$$

其中，*bc*、*aC* 和 *ac* 的值都可以通过测量直接得出。在算出 *BC* 值以后，再加上 *CD* 的值——当然这个值也可以直接测量出来，这棵树的高度就算出来了。

侦察组长为了计算出林中树木的数量，就派人将密林的面积测量出来了。然后他选出了一块面积为（50×50）平方米的树林，计算出其中的树木数量，通过最简单的乘法，将问题成功解决了。

根据侦察兵们搜集来的资料，部队不但对架桥的位置做了精确定位，而且对要建一座什么样的桥也做到了心中有数。果然，这座桥如期完工，部队也取得了战争的胜利。

记事本测高法

你知道吗？一本带小铅笔的袖珍记事本也可以当作测量仪器。你在测量一个无法攀登的物体的高度时，如果不需要十分准确的数值，那么这种记事本就可以派上用场了。它可以帮助你在空间中作出两个相似三角形，这样我们就可以求出所要测量的高度了。具体如图 9 所示，将记事本放在你一只眼睛的前面，必须把它笔直地拿在手里，然后慢慢将夹在记事本里的铅笔往上推，推到你从 a 点望出去的时候树梢 B 恰好被铅笔尖 b 遮住就停止。那么此时，鉴于 $\triangle abc$ 和 $\triangle aBC$ 是相似的，用下面的比例式就可以将高度算出来：

$$BC : bc = aC : ac$$

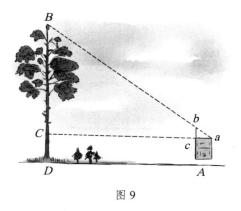

图 9

其中，bc、aC 和 ac 的值，你可以通过测量直接测出。因此，就可以计算出 BC。然后加上 CD 值就等于树高了，而 CD 这一段的值就等于你的眼睛距离地面的高度（当然需要在平坦的地方）。

由于记事本的宽度是一个定值，所以，如果你所站的地方与要测的树木之间的距离是固定的话（假如永远是在 10 米以外），那么只通过铅笔向上推的 *bc* 这一段距离就能计算树的高度。所以，铅笔向上推出的高度所对应的树高，你完全可以事先计算出来，并且在铅笔杆上刻出这些数值。由此，一个最简单的测高仪就诞生了。

远距离测高法

如果你在测量大树高度时，由于某些原因不能直接走到大树底下，那么你还能测量它的高度吗？

因为这种事情时有发生，所以人们为了应对这种情形就研制出了一种巧妙的仪器。就像前面所介绍的几种仪器一样，你自己也可以很容易地制作出这种仪器。如图 10 右上角所示，准备 *ab* 和 *cd* 两根板条，将它们相互垂直地钉在一起，且 *ab* 要与 *bc* 相等，*bd* 等于 *ab* 的一半。这样仪器就制作成功了。

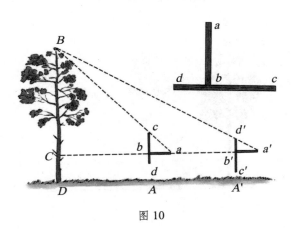

图 10

如图 10 所示，在测量高度时，将仪器拿在手中，保证 *cd* 板条处于竖直状态，而它是否竖直可以通过仪器上的悬锤——一条线悬挂着一个小重物来验证。然后站在点 *A*、*A*′ 进行测量：先确定点 *A* 的位置，仪器的 *c* 端朝上，再在点 *A*′ 测量，此时把仪器的 *d* 端朝上。选择点 *A* 时，使眼睛从仪器的 *a*

点经过 c 点望去时，恰好能够看到树梢 B 与 a、c 处于同一直线上。同理，A' 点的选择也一样，使眼睛从仪器的 a' 点经过 d' 点望去时，恰好能够看到树梢 B 与 a'、d' 处于同一直线上。这种测量法只要将点 A 和 A' 选择出来——要保证点 A 和 A' 与树根在一条直线上，就基本可以完成测量任务了。为什么呢？原因就是需要测量的树高的一部分 BC 应该与 AA' 是恰好相等的。对于这个关系可以通过很简单的算式来解释：由于 $aC = BC$，而 $a'C = 2BC$，可得 $a'C - aC = BC$。

由此可以看出，我们不必走到需要测量的大树底下，仅利用这种仪器就可以将其高度测量出来。当然，我们要是能够一直走到树下的话，测量会变得更加简单。想要知道树的高度，我们只需要找到一个点——A 或 A' 就可以了。

我们还可以进一步将这种仪器简化：不用板条，只需要一块适当的木板，将四枚大头钉分别钉在木板的 a、b、c、d 四个位置上，这样就可以使用了。

测高仪测高法

你知道森林工作者使用的"真正的"测高仪是如何制作出来的吗？下面就介绍其中的一种，为了方便读者自己制作，我将其做了一些改动。

如图 11 所示，这种测高仪的构造原理显而易见。测量的人可以在手中拿一块方形的硬纸板或者木板 $abcd$，然后眼睛沿着 ab 边望出去，将方板的倾斜角度不时地变动，直到树梢 B 恰好与 a、b 处于同一条直线上。将一重物 q 悬于 b 点位置，然后标记出悬重物的线和 dc 边相交的点 n。

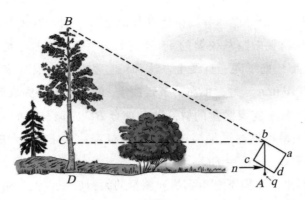

图 11

此时，△ *bBC* 和 △ *bnc* 相似，由于都是直角三角形，并且边 *BC* 与 *bn*、*Bb* 和 *cn* 都彼此平行，所以 ∠ *bBC* 和 ∠ *bnc* 是相等的。于是，我们就可以列出下面的比例式：

$$BC : nc = bC : bc$$

得出：

$$BC = bC \cdot \frac{nc}{bc}$$

其中，通过测量可以直接得出 *bC*、*nc* 和 *bc* 的数值，所以，树的高度就是上述比例式中求出的 *BC* 与树干下段的 *CD* 长度（就是仪器距离地面的高度）之和。

其实，我们可以对这个仪器研究得更加深入一些。比如，我们可以将方木板的 *bc* 边长度定为 10 厘米，并在 *dc* 边上刻画出厘米的分度来，因此就可以一直用一个十分之几的分数来表示 $\frac{nc}{bc}$，而这个分数直接表示的是树高 *BC* 相当于距离 *bC* 的十分之几。可以举例说明一下，我们假设悬重物的线停在第七条分度线上，也就是 *nc* = 7（厘米）。这就说明，与你的眼睛处于同一高度的树干上一点和树顶之间的距离是你到树干之间的距离的十分之七（0.7）。

除此之外，观测方法也可以改进：如图 12 所示，为使眼睛沿着 *ab* 线望出去时方便一些，可以将方纸板改变一下，即在方纸板的上面两只角上折出两个竖起的小正方形，然后在两个小正方形中各穿一个孔。其中一个孔要大一些，是用于瞄视树梢的；另一个孔小一些，放在眼睛的前面。

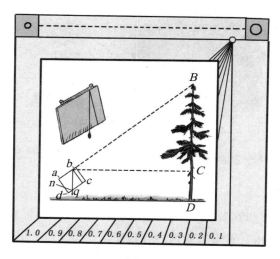

图 12

制作这种形式的测高仪不但简单，而且花费时间也不多，还不需要你有工艺方面的特殊本领。我们可以随时将小巧的它放入口袋中，要是在郊游的过程中碰到想要测量的物体，比如高楼、大树、电线杆，随时可以拿出来测量。

【题目】对于一棵不能够接近的大树，你能够用这种仪器去测量它的高度吗？如果可以，那应该如何测量？

【解答】如图 13 所示，需要分别从 A 点和 A' 点把仪器对向树梢 B。假设我们在 A 点测出 BC 的值是 $0.9AC$，而在 A' 点测出 BC 的值为 $0.4A'C$，那么我们可得出：$AC=\dfrac{BC}{0.9}$，$A'C=\dfrac{BC}{0.4}$，从而可以算出 $A'A=A'C-AC=\dfrac{BC}{0.4}-\dfrac{BC}{0.9}=\dfrac{25}{18}BC$，那么 $BC=\dfrac{18}{25}A'A=0.72A'A$。

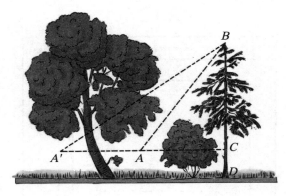

图 13

由此可见，要想测量出无法接近的树木的高度，只需要将两个测量点之间的距离 $A'A$ 量出，再乘上适当的分数即可。

镜子测高法

其实利用镜子也可以测量树高，而且简单易行。如图 14 所示，将一面镜子放在平地上的 C 点，并且与要测量的大树保持一段距离。测量者的眼睛要望向镜子，慢慢地向后退，一直退到恰好能在镜子里看到树梢 A 的地方 D 点为止。此时，树高 AB 与测量者身高 ED 的比值是多少，BC（树根与镜子之间的距离）与镜子和测量者之间的距离 CD 的比值就刚好是多少。你知道这是为什么吗？

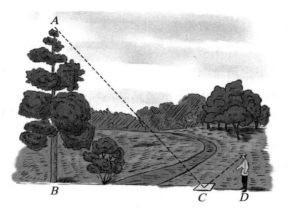

图 14

这种用镜子测树高的方法所依据的是光的反射定律 ①。如图 15 所示，树梢 A 反映在 A' 点上，可得出 $AB = A'B$。通过 $\triangle BCA'$ 与 $\triangle DCE$ 相似，我们得知：

$$A'B : ED = BC : CD$$

这时，只要在式中代入 $A'B$ 的同值 AB，即 $AB : ED = BC : CD$，就可以解答这个问题了。

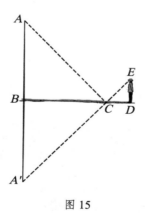

图 15

---

① 当光射到物体表面时，有一部分被物体表面反射回去，这种现象叫作光的反射。光的反射定律为：光反射时，反射光线、入射光线、法线都在同一平面内；反射光线、入射光线分居法线两侧；反射角等于入射角。

这种用镜子来测量树高的方法既简单又方便，并且适用于任何天气情况。但是它不适用于密林中的树木，只能用于个别孤立的树木。

可以再想象一下，假如因为一些原因，你不能接近要测量的树木，那么你要怎样利用镜子去测量呢？

事实上，这个问题早在 600 多年前就有人提出来了，是一个相当古老的问题了。中世纪时，数学家安东尼·德·克雷蒙士在《实用土地测量》（1400年）一书中就曾讨论过此问题。

其实这个问题很好解决。我们可以两次利用上文所提到的方法，也就是把镜子放在两个地方进行测量。通过适当的图解，我们可以从两个相似三角形推出，需要测量的树高等于测量者的眼高乘上两个距离的比值，其中一个距离为镜子两次所放位置之间的距离，而另一个距离则是两次测量时测量者与镜子之间的距离的差。

松树测高法

如图 16，有两棵松树，通过测量已知其中矮的一棵高度为 6 米，而高的为 31 米，且两棵树之间有 40 米的间距。那么你能不能计算出这两棵树的树梢相距多少米呢？

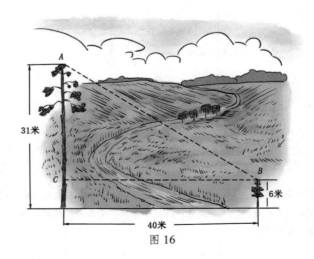

图 16

通过勾股定理[①]可知，两棵松树的树梢之间的距离为：$\sqrt{40^2 + (31-6)^2} \approx$ 47（米）。

树干体积的计算

读完上面几篇文章，你现在已经可以运用六七种不同的方法去测量任何一棵大树的高度了。那么对于大树的体积和重量你感不感兴趣呢？比如说，想测出这棵大树有多少立方米的木材，又或者是想知道用一辆大车是否能够搬运树干。这两个问题不像测量树高那么简单，专家们至今只能求得某种限度的近似值，而仍没有找到解决这两个问题最精确的办法。即便横卧在你面前的是一根已经被砍倒并且被去掉外皮的树干，也很难精确地解答这个问题。

原因就在于：一根树干，即使它没有一点凹凸，生长得十分平滑，也无法像一个圆柱、圆锥或是圆台那样规则。因此我们不能按照任何一种几何体的公式去计算它的体积。由于树干的上端比下部略细，所以它不是圆柱；又因为它的母线是曲线——一种不是圆弧的另一种曲线，凹向树干的中心线，所以它也不是圆锥。总而言之，只有使用积分法才能较为精确地将树干体积计算出来。

因此，我们可以做一个假设，比如树干的体积与一个圆台的体积近似；或者，假如连同树梢在一起的话，就近似于圆锥的体积；又或者是一段较短的树干的体积就近似于圆柱的体积。那么，我们是否能找出一个万能的体积公式，同时适用于以上三种情况呢？

---

① 勾股定理：在任何一个平面直角三角形中，两直角边的平方之和一定等于斜边的平方。

万能公式

确实存在一种万能公式，它不只适用于圆柱、圆锥以及圆台，还适用于任何类型的棱柱、棱锥以及棱台，甚至连球都适用。这个著名的万能公式在数学上被称为辛普森公式，如下：

$$V = \frac{h}{6} \ (b_1 + 4b_2 + b_3)$$

式中，h 表示立体的高度，b_1 表示下底面面积，b_2 表示中间截面面积，即一半高度上的截面面积，b_3 表示上底面面积。

有七种几何体，分别为棱柱、棱锥、棱台、圆柱、圆锥、圆台以及球。那么，你能证明这些几何体的体积都可以用万能公式来计算吗？

实际上，用来证明的方法很简单。只需要将上面七种几何体的相关数据逐一代入公式中即可验证。

如图 17（a）所示，对于棱柱和圆柱来说，列式如下：

$$V = \frac{h}{6} \ (b_1 + 4b_1 + b_1) = b_1 h$$

如图 17（b）所示，对于棱锥和圆锥来说，列式如下：

$$V = \frac{h}{6} \ (b_1 + 4 \times \frac{b_1}{4} + 0) = \frac{b_1 h}{3}$$

如图 17（c）所示，对于圆台来说，列式如下：

$$V = \frac{h}{6} \ [\pi R^2 + 4\pi \ (\frac{R + r}{2})^2 + \pi r^2]$$

$$= \frac{h}{6} \ (\pi R^2 + \pi R^2 + 2\pi Rr + \pi r^2 + \pi r^2)$$

$$= \frac{\pi h}{3} \ (R^2 + Rr + r^2)$$

当然，也可以用同样的方法来证明棱台。

最后，如图 17（d）所示，对于球来说，列式如下：

$$V = \frac{2R}{6} \ (0 + 4\pi R^2 + 0) = \frac{4}{3} \pi R^3$$

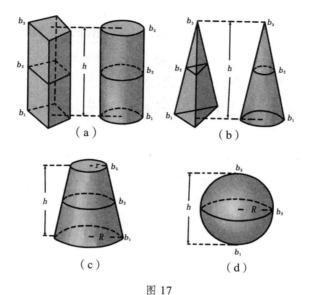

图 17

在这里，我们还要注意万能公式有一个有趣的特性：它还适用于平行四边形、梯形以及三角形等平面图形面积的计算，只需要更改一下公式中字母所代表的意义即可：h 仍然表示高度，b_1 表示下底长度，b_2 表示中间线长度，b_3 表示上底长度。

那么，对于这一点你又能怎样证明呢？

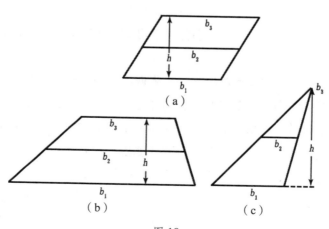

图 18

如图 18（a）所示，对于平行四边形（其中包含正方形和矩形），可得出：

$$S = \frac{h}{6} \ (b_1 + 4b_1 + b_1) = b_1 h$$

如图 18（b）所示，对于梯形来说，可得出：

$$S = \frac{h}{6} \ (b_1 + 4 \times \frac{b_1 + b_3}{2} + b_3) = \frac{h}{2} \ (b_1 + b_3)$$

如图 18（c）所示，对于三角形来说，可得出：

$$S = \frac{h}{6} \ (b_1 + 4 \times \frac{b_1}{2} + 0) = \frac{b_1 h}{2}$$

由此可见，万能公式确实名副其实。

树叶中的几何学

在一片白杨树的树荫下，一株小树从一株白杨树的根部长了出来。假如你把这株小树的一片叶子摘下来观察，就会发现一件有趣的事情：相比大白杨树的树叶来说，它的叶子要大得多。尤其相比那些在强烈阳光下生长的叶子来说，它更是大得多。这是为什么呢？其原因就在于处于阴影中的树叶想要弥补阳光照射的不足，就必须增大自己接触阳光的面积。当然，这些研究是植物学家的事情。但是，如果要求解小树的树叶与大白杨树的树叶的面积比，就需要用到几何学的知识了。

那么，对于这个问题应该怎样去解答呢？

在算出它们的比例之前，我们需要求出每片树叶的面积。怎样求树叶的面积呢？

我们可以用一个比较简单的方法。依据的原则就是：尽管两片树叶的大小不相同，但是它们的形状却时常相同或者几乎相同；也可以这样说，在几何学上它们是相似的。据我们所知，这样两个图形的面积比与它们直线尺寸之比的平方是相等的。所以，我们只要计算出一片叶子与另一片叶子的直线尺寸比值，就可以推算出两者面积的比值。假设小树叶子的长度是 15 厘米，而大树叶子的长度只有 4 厘米，那么它们的直线尺寸的比就为 $\frac{15}{4}$，由此可计算出前者面积与后者面积的比值是 $\frac{15^2}{4^2}$，也就是说，前者的面积是后者面积的 14 倍左右。由于这样算出来的数值并不是很精确，所以我们可以取个整数 15，即小树叶子的面积是大树叶子面积的 15 倍。

我们再来举一个例子：

有两株蒲公英，其中一株的叶子长 31 厘米，它生长于阴影之中；另一株的叶子长只有 3.3 厘米，却是生长于阳光之下的。那么你能计算出前者面积是后者面积的多少倍吗？

两片叶子的面积之比可以按照前面所说的方法进行计算，如下：

$$\frac{31^2}{3.3^2} = \frac{961}{10.9} \approx 88$$

由此可见，在阴影中生长的蒲公英叶子的面积是在阳光中生长的蒲公英叶子的面积的 88 倍。

在树林中，你可以找到许多这样的树叶，它们虽然大小不一，但是形状相似。你可能会看到这样一个令人惊奇的景象：两片叶子在长度或者宽度上的差别并不大，但是在面积上却有惊人的差异。比如，两片叶子的形状是相似的，一片比另一片只长了 20%，然而它们的面积比竟然为：

$$1.2^2 \approx 1.4$$

简而言之，在面积上这两者的差异竟然达到了 40% 之多。

假如在长度上这两片叶子相差 40%，那么在面积上，大的叶子与小的叶子的比为：

$$1.4^2 \approx 2$$

也就是说两者之间相差 2 倍。

读者可以自己计算一下图 19、图 20 中的各片叶子的面积之比。

图 19

图 20

蚂蚁大力士

如图 21（a）所示，蚂蚁这种生物虽然渺小，却很杰出。它细小的身材，能够带着与之不相称的重物，顺着一株植物的茎敏捷地向上爬。通过观察一只蚂蚁，我们发现了一个伤脑筋的问题：这只小动物所搬的物体重量竟然超过它的体重 10 倍，而且它看起来并不特别吃力。这样强大的体力是从哪里来的呢？要知道对于一个人来说，这就相当于背着一架大钢琴爬梯子，是不可能实现的，如图 21（b）所示。这样来看，难道蚂蚁比人还要强壮有力吗？

（a）　　　　　　（b）

图 21

事实真是这样吗？假如没有几何学的帮助，我们是无法解答这个问题的。在解答上图中那个人与蚂蚁力量对比的问题之前，我们可以先来听一下专家对于肌肉力量的解释，具体如下：

动物的肌肉和一条具有弹性的韧带相似，不过肌肉的收缩是由于其他原因，而不是因为弹性。它在神经刺激下恢复正常。而在生理学的实验中，把电流接到相应的神经或直接接到肌肉上也可以使肌肉收缩。

利用从刚杀死的青蛙身上取下的肌肉，很容易做这种实验，因为青蛙就算被杀死了，它的肌肉仍然可以存活一定的时间。实验的方法非常简单，把青蛙用来弯曲后腿的主肌——腿肚肌连同附着在它上面的一块大腿骨和腱子一同割下。这段肌肉无论在大小上、形状上，以及从事实验的便利性上都是最适宜的。把这段大腿骨挂起来，把一个钩子穿在腱子上，钩子挂一个砝码。假如把两条电线连在这肌肉的两端，并接通电流，那么这条肌肉就会马上收缩并把砝码提起。再逐渐增加砝码，就不难测知这条肌肉的最大举重能力。现在依次把 2 条、3 条或者 4 条同样的肌肉连接起来，用电流给它刺激。这样做并不能得到更大的举重力，但是砝码却能提高到和肌肉的条数相当的倍数。然后，假如我们把 2 条、3 条或者 4 条肌肉捆成一束，那在接通电流的时候，就会提起相应倍数的砝码来。显然，假如这些肌肉都是生在一起的，也会得到同样的结果。因此我们知道了肌肉的力量并不取决于肌肉的长度或重量，而取决于它的粗细，也就是它的截面大小。

现在再回到构造相同、形状相似、大小相异的各种动物的比较上来。我们设想有两个动物，第二个动物的直线尺寸都是第一个的 2 倍。那么，第二个动物的体积、体重以及各器官的体积和重量都是第一个动物的 $2^3 = 8$ 倍；但是，在面的度量上，第二个动物的各部分，包括肌肉的截面面积，却只是前者的 $2^2 = 4$ 倍。这样看来，虽然一个动物的体长已经长到原来的 2 倍，体重已经变为原来的 8 倍，但是它的肌肉力量却只增加到原来的 4 倍，也就是说，相比于体重的增加，这个动物的体力反而弱了一半。

动物的肌肉力量不和体积及重量同比例增长的原理，解释了为什么昆虫能够背负自身体重 30 倍、40 倍的重物（像我们在蚂蚁、黄蜂等身上观察到的），而人类在正常情形下（运动员和重物搬运工人例外）却只能负荷自身体重 $\frac{9}{10}$ 的重物，而马只能负荷自己体重 $\frac{7}{10}$ 的重物。

通过上面的解释我们终于了解到蚂蚁是大力士的缘由了。克雷洛夫有一首关于蚂蚁的讽刺诗这样写道：

有一只蚂蚁，力大无比，

自古以来没有听说谁有这样大的气力；

　　它甚至能够

　　把两大粒麦粒高高举起。

但是，现在对于这首诗我们就可以用另一种眼光来看待了。

第 2 章　河边几何学

测量河宽

　　你能在不渡河的情况下将一条河的宽度测量出来吗？其实，这对于一个懂得几何学知识的人来说，就跟要测量树的高度而不需要爬到树梢上面一样简单。这两种情形下所利用的原理都是将我们需要测量的距离用另外一个便于直接量出的距离来替代。

　　测量河面宽度的方法有很多，下面我们列举几个最简单的：

　　第一种方法需要用到我们已经熟悉的"三针仪"。如图 22 所示，这个仪器的制作非常简单，就是在一块木板上画一个等腰直角三角形，并在三个顶点上各钉一枚大头针。如图 23 所示，假设我们在不过河的前提下，要测量河面 AB 的宽度。在开始测量的时候，你站在岸边的某一点 C，用手拿着三针仪在眼前调整，直到用一只眼向外望去时，三针仪上 a、b 两枚大头针恰好将 B、A 两点遮住。显然，此时你所站立的位置恰好就在 AB 的延长线上。这时，在保证三针仪位置不变的情况下，将你的眼睛沿着三针仪上 b、c 两枚大头针的方向向前望去（需要与刚才所望的方向垂直），直到找到被 b、c 两枚大头针遮住的点 D 为止。就是说，D 点所处的位置是在和 AC 相垂直的直线上。然后，如图 24 所示，在 C 点上面钉上一个木橛；然后离开 C 点，带上三针仪沿 CD 线走去，一直走到在 CD 线上找到点 E 这个位置停下，这个位置不但可以让你从那里看到 C 点恰好被大头针 b 遮住，同时 A 点也刚好被大头针 a 遮住。也就是说，在河的两岸上，你找到的三个顶点构成一个 $\triangle ACE$。其中，$\angle C$ 是直角，$\angle E$ 与三针仪上的一个锐角相等，也就是等

于 $\frac{1}{2}$ 个直角。显然，$\angle A$ 也必定是与 $\frac{1}{2}$ 个直角相等的，所以 $AC = CE$。于是，假如你测出 CE 的距离（用脚步度量也可以测出），那么 AC 的距离你就知道了；然后将很容易测量出来的 BC 段减去，河面的宽度就能测量出来了。

图 22

图 23

图 24

但是，这种测量方法存在一个问题，想要保持三针仪的位置一点也不动不太可能，既不方便也很困难。所以，最好的方法就是在一根一端削尖的木杆上装上三针仪，以便将其竖直插入地面。

第二种方法实际上近似于第一种方法。首先要找出点 C，也是位于 AB 的延长线上，在那个位置利用三针仪找出 CD 线，要与 AC 线垂直。在此以后的做法就与第一种方法不一样了。如图 25 所示，在 CD 线上画出两段相等的线段 CE 和 EF，长度可以随意确定，且将两个木橛分别插在 E 点和 F 点上。然后，利用三针仪找出一个方向 FG，要求这个方向与线 FC 垂直。这时，顺着 FG 的方向向前走，找到一个点 H，从 H 点向 A 点望去时，E 点的木橛要刚好将 A 点遮住。也就是说，H、E、A 这三点恰好处于同一直线上。

这样就完成任务了：因为 FH 的长度与 AC 的长度相等，所以，用 FH 减去 BC 的长度，就可以得到所求的河面宽度。

相比第一种方法，这种方法适用于更多的地方。假如能够用两种方法来测量，得出的结果可以相互比对，以检查测量是否准确。

图 25

还可以再将第二种方法稍微改进一下，得到第三种方法：不必在 CD 线上画两段长度相等的线段，只要一段长度是另一段的整数倍即可。如图 26 所示，假设 EC 与 EF 的长度之比为 4：1，此后的做法与上面的相同：找 H

点时也是沿着与 FC 垂直的 FG 方向，且从 H 点望去时 A 点刚好被 E 点的木橛遮住。但是此时 FH 与 AC 不再相等，两者的长度比是 $1:4$，原因在于此时 $\triangle ACE$ 与 $\triangle HFE$ 只是相似（各角相等，各边不等），而不是相等。依据三角形相似的关系，我们列出如下比例式：

$$AC:FH = CE:EF = 4:1$$

图 26

由此可见，AC 的长度就是测量出的 FH 的长度乘以 4，然后用 AC 的长度减去 BC 的长度就可以求出河面宽度。

相比第二种方法来说，这种方法所需的空间要小得多，所以用起来更为方便。

第四种方法是利用直角三角形的一个性质：假如它的一个锐角刚好是 $30°$，那么和这个角相对的直角边的长等于斜边长的一半。如图 27（a）所示，假设 $\triangle ABC$ 的 $\angle B$ 为 $30°$，现证明 $AC = \frac{1}{2}AB$。如图 27（b）所示，以 BC 为轴，将 $\triangle ABC$ 水平翻转，从而构成 $\triangle ABD$；由于 $\angle BCA$ 与 $\angle BCD$ 都为直角，所以 A、C、D 三点在同一条直线上。在 $\triangle ABD$ 中，$\angle ABD$ 是由两个 $30°$ 的角合成而来，因此等于 $60°$。因为 $AC = \frac{1}{2}AD$，$AD = BD = AB$，所以 $AC = \frac{1}{2}AB$。

我们如果要利用三角形的这个特性，就必须准备一个特别的三针仪：仪器上的三枚大头针所构成的直角三角形，其中一条直角边要恰好等于斜边的一半。如图 28 所示，将这个仪器带到 C 点，使 AC 方向与三针仪上三角形的斜边恰好重合。随后，沿着这个三角形的短直角边向前望，确定出 CD 方向，再在线 CD 上找出使 EA 与 CD 恰好垂直（利用三针仪可以达到这个效果）的一点 E。很明显可以看出，对着30°角的直角边 CE 是 AC 长度的一半，所以，要想得到河面宽度，只需要测量出 CE 的长度，然后乘以 2，再减去 BC 的长度即可。

　　上面介绍了四种简单易行的方法，让你既不用渡河，又可以很准确地测出河面的宽度。对于那些需要使用较为复杂仪器的测量方法，即便是自制的仪器，在此我们也不再过多地介绍了。

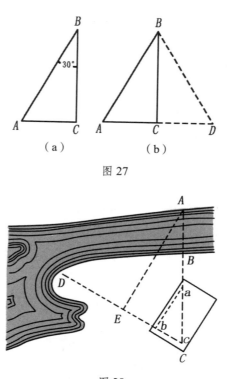

（a）　　　　　（b）

图 27

图 28

利用帽檐测距

在一次战斗中，有一个班奉命去测量一条河的宽度，他们仅仅使用了帽檐就测出了河面宽度，帮助大部队解决了这个极大的困难。

这个班的班长率领全班战士在河岸边的灌木丛中隐蔽了起来。他只带了班里的一名战士一直爬到了河边，从这个位置就能清楚地看见对岸的敌军。在此情形下，要测量河面的宽度，就只能靠眼力了。

他们目测估计出河宽在 100 米至 110 米。而这个结果是否准确呢？为了确定结果，班长决定利用帽檐测量法测量一下河面的宽度。

这种帽檐测量法如下：测量的人朝向对岸，将帽子戴成如图 29 所示的样子，确定眼睛从帽檐底边望去时，能够恰好望到对面的河岸。假如身边没有军帽，也可以用手掌或是记事本紧紧贴在额前来代替。然后，测量的人在保持头部不动的情况下，全身向左或向右转动，或者向后转，哪个方向的地面较为平坦，方便测量距离，就转到哪个方向去，然后找出从帽檐（或是手掌、记事本）下望去距离最远的那个点。

河面的宽度大约就是测量人与那个最远点间的距离。

如此，部队交给班长的任务就顺利地完成了。

你能用几何学知识来解释这种帽檐测距法吗？

如图 29 所示，人的站立点为 A，眼睛从帽檐底边（或是手掌、记事本边缘）望出去时，恰好看到河岸的点 B。再如图 30 所示，当测量的人转过身来看向远处的点 C 时，他的视线就像圆规一样在空中画了一个圆弧，此时，AC 与 AB 都是这个圆弧的半径，所以 AC 与 AB 是相等的。

图 29

图 30

测量小岛的长度

　　如图 31 所示，假如你在湖边站立，看到有一座小岛位于湖中，要求你测出小岛的长度 AB，但前提是不能离开岸边，你能完成这项测量工作吗？

图 31

　　在这种情况下，虽然我们不能接近所测小岛的两端，但实际上这个问题解决起来并不困难，而且连复杂的仪器都用不到。

　　如图 32 所示，假如我们需要在岸边测量岛长 AB。具体做法如下：在岸上任意选出两个点 P 和 Q，且各钉上一个木橛将其标识出来；随后，在 PQ 线上找出点 M 和点 N，使 PQ 与 BN 垂直，同样也垂直于 AM（我们也可以利用三针仪来完成）。将一个木橛钉在 MN 的中点 O 处，然后在 AM 的延长线上找出一个位置点 C，使眼睛通过点 C 望出去时，B 点恰好被 O

点的木橛遮住。以此类推，在 BN 延长线上找出点 D 的位置，使眼睛从点 D 望出去时，小岛上的端点 A 恰好被 O 点的木橛遮住。由此可知，小岛的长度也就是 C、D 两点之间的距离。

当然，要证明这一点是很容易的。我们看一下图中的 Rt $\triangle$ AMO 和 Rt $\triangle$ DNO：其中直角边 MO 等于直角边 NO，除此之外，$\angle$ AOM 也等于 $\angle$ DON；所以，这两个三角形是全等的，AO = DO。同样可以证明 BO = CO。此时，再比较一下 $\triangle$ ABO 与 $\triangle$ DCO，我们就可以看到它们是全等的，由此可得 AB = DC。

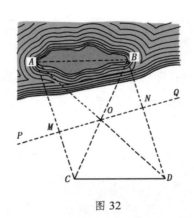

图 32

测量两人间距

有人在河对岸顺着河边行走，你能站在岸边不用任何仪器，测出你们两个人之间的距离（近似值）吗？

实际上，我们利用眼睛和手就能够测量出来。方法如下：让你的手臂笔直地伸向对岸的行人，并竖起大拇指。假如对岸的行人行走的方向是你的右手方向，那么你就闭上左眼，只用右眼，向竖起的大拇指指尖看去；假如他行走的方向是你的左手方向，那么你就将右眼闭起，只需要用到左眼。如图 33 所示，当对岸的行人刚好走入大拇指所遮掩的地方时，正睁开的那只眼睛就立刻闭上，并睁开另一只眼睛，这时行人就好像向后倒退了一段路似的。

此时，要注意行人所走的步数，一直到他第二次走进你大拇指所遮掩的地方为止。这样，用来测出你们两人之间距离近似值的数据就收集齐了。

图 33

下面我们来解释一下这些数据需要怎样使用：假设图 33 中的 a 与 b 就是你的两只眼睛，你的手臂伸直时所竖起的大拇指的顶端位置是 M，对岸行人的第一个位置是点 A，第二个位置是点 B。你要尽量面向对岸行人站立，使 ab 与行人前进的方向尽可能地保持平行，这样 $\triangle abM$ 和 $\triangle ABM$ 才能相似。由此得出，$BM：bM = AB：ab$。在这个比例式中，除了 BM 是未知项外，其他的各项都可测量得到。我们已知：bM 表示你的手臂伸直时眼睛到大拇指顶端的距离；ab 代表两眼眼瞳之间的距离；而 AB 通过你所记下的行人的步数就能够算出来，平均每步大约 $\frac{3}{4}$ 米。所以，就可以计算出你与对岸行人间的距离为：

$$BM = AB \cdot \frac{bM}{ab}$$

我们假设你的两眼眼瞳之间的距离（即 ab）为 6 厘米，眼睛和手臂伸直时的大拇指顶端之间的距离为 60 厘米，即 $bM = 60$ 厘米，从 A 点到 B 点行人总共前进了 14 步，那么你与他之间的距离就等于：

$$BM = 14 \times \frac{60}{6} = 140（步）\approx 105（米）$$

如果我们能够事先将瞳孔间的距离（即 ab）和从眼睛到大拇指顶端的距离（即 bM）测量好，并且牢记 bM 与 ab 的比值，我们就能随时迅速地测量了。那时候，答案就是用 AB 乘上这个比值。大多数人来说，$\frac{bM}{ab}$ 的值是 10。

最简单的测远仪

仅用一根火柴，就可以制作出一个最简单的测远仪。如图 34 所示，在一根火柴梗的一面上刻画出毫米的分度。我们可以将其涂成黑白相间的条纹状，使其看起来更加醒目。

图 34

如图 35 所示，只有事先知道被测物体的大小，才能使用这种最简单的测远仪。事实上，即使测远仪的各种构造较为完善，也需要这样的条件才能够使用。假如你想测量出你与远处的人之间的距离，只利用这种火柴测远仪就能完成任务。手握住仪器，伸直手臂，用一只眼睛望向远处的人，使火柴的顶端与那人的头顶恰好重合。随后，用大拇指指甲在火柴梗上缓慢地移动，一直到恰好能够遮住那个人脚底的位置时就停止移动。此时，看一下火柴测远仪，将指甲所指的格数读出，如此就具备了完成该任务的一切数据了。

以下比例式的正确性不难证明：

$$待测定的距离 = 眼睛和火柴间的距离 \times \frac{人的平均身高}{火柴梗刻度数}$$

图 35

所需测量的距离，利用上述比例式就能简单地计算出来。我们举例来说明，比如眼睛与火柴之间的距离为 60 厘米，人的身高是 1.7 米，火柴梗量出的刻度数为 12 毫米，那么需要测量的距离就是：

$$60 \times \frac{1\,700}{12} = 8\,500\ (\text{厘米}) = 85\ (\text{米})$$

测量水流的速度

费特有首诗这样写道："在村庄与高耸的白桦林之间，流淌着一条带状的河流。"那你知道这样的小河一昼夜能够流过多少水吗？

其实，这个问题很好解决。你只要将水流的速度测量出来就不难计算了。需要两个人一起来测量水流的速度，其中一人手里拿着一块表，而另外一个人需要带着一个明显的浮标，比如可以在一个半空的瓶子上面插上一面小旗当作浮标。如图 36 所示，选择的那段河面不能有弯曲，然后在岸边将两个木橛钉好，分别标为点 A 和点 B，假设两点之间的距离为 10 米。

图 36

按图中所示方式，对准点 A 和点 B，再钉两个木橛，分别为点 C 和点 D。拿表的人站到点 D 的后面，带着浮标的人走到点 A 上游几步的地方，将浮标丢向河中央，然后立刻回到点 C 后面。此时，两个测量者分别沿着 CA 和 DB 线望向水面的方向。站在 C 点后的人在看到浮标流到 CA 延长线上时立马挥一挥手。手中拿表的人看到这个信号以后，立刻记录下此时的时间；等到浮标流到 DB 延长线上时，再次记录下时间。

我们假设在两条延长线之间，浮标漂流的时间为 20 秒。那么在河流中，水流的速度就是：

$$\frac{10}{20} = 0.5 \text{（米 / 秒）}$$

一般要用这种测量法重复测大约 10 次，浮标投向的位置每次都要不同，随后将测出的结果相加，得出的和除以测量的次数，最终得到的数值就是水面流动的平均速度。

水越深，水流的速度会越慢；与表面的流速相比，整个水流的平均速度大约是它的 $\frac{4}{5}$，所以，本题中的水流速度是 0.4 米 / 秒。

当然也可以用另一种方法测量出表面流速，只不过相比上面的方法，这个方法不是那么可靠。

坐到一只小船里面，先向逆流的方向划行，在划到距离出发点 1 000 米的时候掉头顺流划回去，划桨时所用的力量要尽可能均匀。当然也可以事先在岸上把 1 000 米的距离标出来。

假如划完这 1 000 米的逆流，你一共用了 18 分钟，顺流回来时用了 6 分钟。河面的水流速度用 x 表示，你在静止不动的水中的划船速度用 y 表示，那么就可以列出以下方程式：

$$\frac{1\,000}{y - x} = 18$$

$$\frac{1\,000}{y + x} = 6$$

可得出：

$$y + x = \frac{1\,000}{6}$$

$$y - x = \frac{1\,000}{18}$$

进而得出，

$$2x \approx 110$$

$$x \approx 55$$

由此可见，河面的水流速度为 55 米 / 分，也就是大约 $\frac{5}{6}$ 米 / 秒。

水涡轮

如图 37 所示，在距离河底不远的地方，装有一只有桨叶的水涡轮，它能够自由旋转。假设河水的流向是自右向左，那你知道水涡轮会向什么方向旋转吗？

图 37

因为相比上层的水流速度来说，底层的水流速度要慢一些，因此涡轮上部桨叶受到的压力要大于下部桨叶受到的压力。所以，水涡轮会沿着逆时针方向旋转。

彩虹油膜

在现实生活中我们可以看到，当油漂浮在水面上时，会形成一层薄膜。那么这层油膜的厚度，你能测量出来吗？

虽然这个题目看起来很复杂，但实际上并不难解答。当然对于直接去测量油膜厚度这种不太有希望的方法，我们肯定是不会采取的。我们在测量时会采用间接的方法设法将它计算出来。

具体方法就是：在一个大水池中，倒入一定量的机油，倒的位置尽可能离池边远一些。当机油流散开而形成一片圆斑时，测出它的直径，即使是近似值也可以。通过直径计算出面积。根据油的质量我们很容易就能计算出油的体积，那么在已知体积的情况下，这个油膜的厚度就不难计算了。

【题目】在水面上漂浮着 1 克重的煤油，不久就形成一个圆斑，直径为 30 厘米，那你知道这层煤油薄膜的厚度是多少吗？已知每立方厘米的煤油重 0.8 克。

【解答】第一步，将这层煤油薄膜的体积求出来。它的体积就等于我们所取的煤油体积。假如 1 立方厘米煤油是 0.8 克重，那么可求出 1 克煤油的体积为 $\frac{1}{0.8} = 1.25$ 立方厘米，即 1 250 立方毫米。而直径为 30 厘米（即 300 毫米）的圆的面积约等于 70 000 平方毫米，所以用油膜体积除以油膜面积，可得出油膜的厚度，算式如下：

$$\frac{1\,250}{70\,000} \approx 0.018 \text{（毫米）}$$

也就是说，煤油油膜的厚度比 1 毫米的 $\frac{1}{50}$ 还要小。对于这样薄的膜，普通的测量工具根本无法测量出来。

实际上，油类或者肥皂液散开后形成的薄膜还能更薄，甚至薄到 0.000 1 毫米或者更小。英国物理学家波易斯在《肥皂泡》一书中写道：

> 有一次，我在一个水池里做了一个这样的实验：我把一小汤匙橄榄油倒在池水面上。于是，马上就形成了一个巨大的油膜，直径为 20 ~ 30 米。这个油膜的面积比小汤匙的面积大得多，在长度和宽度上起码大 1 000 倍，因此水面上这个油层的厚度就应该大约等于匙中油液厚度的百万分之一，大约等于 0.000 000 2 毫米。

圆形波纹

如图 38 所示，我们经常会向平静的水面丢石块，自然也会经常看到由此产生的圆形波纹。毋庸置疑，对于这个自然现象的解释，你会觉得很容易：在将石块掷向水面后，激起的波浪会从中心点以相同的速度向周围展开，因此，波浪的各点在每一瞬间都处在和中心点同样距离的地方，换句话说，就是各个点都处于一个圆周上。

图 38

　　上面介绍的情形是发生在静水中的。那么在流动的水中，情况也会是那样的吗？在快速流动的河水中，被掷入的石块所激起的波浪向四周扩散的时候，形状是会变成一个拉长的椭圆呢，还是仍然是正圆呢？

　　在我们的想象中，波浪在流水中扩展时会沿着水流的方向，而相比于在逆流中扩展，在顺流中扩展要快很多，于是，在流水面上的波浪各点，所形成的似乎是一个伸长的封闭曲线，无论在什么情况下都不可能是一个正圆。

　　然而，实际情况并不是这样的。即便你向流速极大的河中掷入石头，也会像往静水中投入石头一样，石块在水中所激起的波纹一定会是圆形的波纹，而且是很规则的圆形波纹。你知道这是为什么吗？

　　这个问题可以这样来看：假如河水不是流动的，波纹一定会是圆形的。那么，对于这个波纹，流动的水流会让它产生什么变化呢？如图 39（a）所示，这个圆形波纹上的所有点被流动的水流引向箭头所示的方向，而且所有点都是以相同的速度沿着相互平行的方向流动，移动的距离是一样的。而在"平行移动"的情形下，各点原来的形状是不会改变的。实际上，如图 39（b）所示，在经过这种平移之后，1 点就移动到了 1'点的位置，2 点就移动到了 2'点的位置……现在在新的位置，以前的四边形 1234 变成了新的四边形 1'2'3'4'，这两个四边形是完全相同的。这一点，通过所作的平行四边形 122'1'、233'2'、344'3' 就可以很容易地看出来。假设在圆周上我们取出比 4 个点更多的点，那么同样在新的位置上我们可以得到全等的多边形；假设从圆周上取无数个点，也就是取整个圆周，那么在平行移动之后，我们也必然会得到全等的圆周。

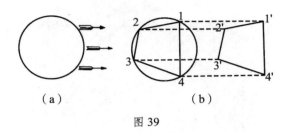

图 39

因此，对于水流为什么不会改变波纹的形状——在流动的水面上这些波纹仍然会保持圆形这一问题，我们就能得出答案了。假如不考虑以投石点作为中心向外扩展，波纹在湖中与河中所不同的只是：湖中的波纹并不移动，而河中的波纹会以水流的速度连同它的中心向下流去。

趣味小知识：

在上面的讨论中，有一个很重要的条件：波纹所在的河面各部分都是以同样的速度流动。假如向河中投石产生的波纹是在各部分移动速度不同的河面上（比如靠近河岸），波浪就保持不了它的圆形特征了。

测量水池的深度

印度人经常会用诗歌的形式将数学题目写出来——在古时候他们就有这么一个习惯。请看下面的问题：

> 在平静的湖面上，
> 高出水面半尺处，一朵莲花初放。
> 它亭亭玉立，孤芳自赏。
> 一阵狂风突然把它吹到一旁。
> 别为水面上这朵花担心着慌，
> 一个渔夫，在早春的时光，

找到了它，在离它两尺远的地方。

现在我提出问题和你相商：

湖水汪汪，

究竟多深，这个地方？

如图 40 所示，要测的水池深度用 x 来表示。那么，依据勾股定理可知：$BD^2 - x^2 = BC^2$，也就是 $(x + \frac{1}{2})^2 - x^2 = 2^2$，从而可得 $x^2 + x + \frac{1}{4} - x^2 = 4$，最后得出 $x = 3\frac{3}{4}$。

因此，所求的水池深度为 $3\frac{3}{4}$ 尺，约是 1.25 米。

图 40

选择架桥地点

如图 41 所示，在 A 点与 B 点之间有一条两岸大致平行的运河。假如现在要在河上架一座与岸边垂直的桥，要使从点 A 到点 B 的路程最近，那么需要将这座桥架在什么位置呢？

图 41

如图 42 所示，过 A 点作一条直线，要求这条直线与河流的方向垂直，在这条直线上，截取线段 AC（与河面等宽），然后连接 C、B 两点，与河岸交于点 D。我们应该将架桥的位置选在点 D。如此，A、B 两点间的距离才是最近的。

如图 43 所示，当你在这个地方将桥 DE 架起来后，连接 E 和 A 两点，得到一条路为 AEDB。由于 AEDC 是一个平行四边形（因为对边 AC 和 ED 相等又平行），所以其中的 AE 与 CD 是平行的。因此 AEDB 这条路程的长度就等于 ACB。当然，很容易证明，任何一条别的路都要比这一条长。如图 44 所示，假定我们怀疑路径 AMNB 可能要比 AEDB 短一些，也就是说，比 ACB 短些。先将 C 点与 N 点连接起来，可以看出 CN 与 AM 是相等的。换句话说，AMNB 与 ACNB 相等。但是，CNB 肯定要长于 CB，可见 ACNB 也要长于 ACB。所以，相比路径 AEDB 来说，AMNB 并不短，反而要长一些。

对于一切不在 ED 线上架桥的情况，这一证明都适用；换言之，最近的一条路非 AEDB 莫属（图 44）。

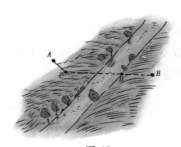

图 42

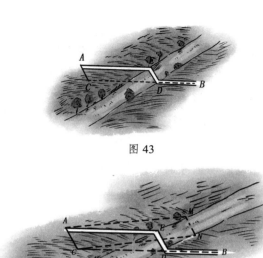

图 43

图 44

架两座桥的选点

相较于上一节的问题，现实中我们遇到的情况可能会更复杂一些。如果想要找出图 45（a）中从点 A 到点 B 的最短路径，中间流过两道河流，要架起两座桥，并且要求桥与河岸垂直，那么你知道要在什么位置架起这两座桥吗？

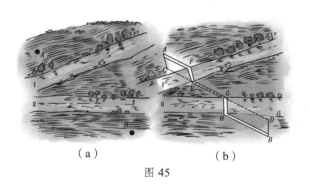

（a）　　　　　　　（b）

图 45

具体方法如下〔见图45（b）〕：从 A 点出发作一条与第一条河的河面宽度相等的线段 AC，并且要垂直于第一条河的河岸；从 B 点出发作一条与第二条河的河面宽度相等的线段 BD，且垂直于第二条河的河岸。用直线连接起 C 点与 D 点，分别与两条河的河岸交于 E 点和 G 点。在 E 点架桥 EF，在 G 点架桥 GH。那么 $AFEGHB$ 就是从 A 到 B 最短的路径。

对于本答案的正确性，感兴趣的读者可以参照前面一题我们给出的方法去验证一下。

第 3 章　开阔田野上的几何学

月亮的视大小

你觉得天上的满月会有多大？当然，对于这个问题，不同的人会有不同的答案。

对于月亮的大小，人们通常会给出"像只盘子""像个苹果""像人的面孔"等模糊的判断，而这也正好表明了：回答的人并没有真正认识到这个问题的本质。

只有清楚地了解物体"视大小"的人，才能针对这种常见的问题给出正确的答案。我想，很少会有人对这里所说的"视大小"是关于某个角度的大小有所怀疑，而所谓某个角度就是指由被观察物体边缘引向我们眼睛的两条直线间的角度，又被称为"视角"（图 46）。当人们对月亮的"视大小"的估计是用盘子、苹果等来说明时，这种答案也许根本没有意义，又或者仅仅表示我们看月亮的视角与看一只盘子或者苹果的视角恰好是相同的。但是，在距离不同的地方看一只盘子和苹果，视角并不相同，因为视角会随着距离的大小而改变——距离近时，视角就会大些；距离远时，视角就会小些。所以，后面这个说法本身是不完整的。而要确定这一说法的正确性，就必须指定盘子或者苹果的距离。

图 46

把远处物体的大小和一些不指明距离的别的物体来进行比较的情况，在许多文艺作品中都极为常见，甚至一流作家也会这样做。这种比较虽然并不能刻画出清晰明确的形象，但由于和大多数人的心理习惯相接近，逐渐成为一种描写方法。比如在莎士比亚的《李尔王》中就是这样描写从海边悬崖上望到的景致的：

> 把眼睛一直望到这么低的地方，真是惊心眩目！在半空盘旋的乌鸦，瞧上去还没有甲虫那么大；山腰中间悬着一个采金银花的人，可怕的工作！我看他的全身简直抵不过一个人头的大小。在海滩上走路的渔夫就像小鼠一般，那艘停泊在岸旁的高大的帆船小得像它的划艇，而它的划艇小得像一个浮标，简直看不出来。

上一段里的比较，要想提供清晰明确的形象，就需要为用来比较的物体（如甲虫、人头、老鼠、小艇等）注明与观察者的距离。同理，用盘子、苹果来与月亮作比较时，也必须将这些东西和眼睛的距离指出来。

实际上，这个距离比你想象的大得多。你将手臂伸直，手中握住苹果，这个苹果所能遮掩的将不仅是一个月亮，而且还能将一大部分的天空遮掩住。再尝试用绳子将苹果吊起，慢慢地后退，一直退到这个苹果能够恰好将整个月亮都遮掩时停下，此时对于你来说，月亮和苹果将有相同的视大小。如果你去测量苹果和你眼睛之间的距离，就会发现这个距离约等于 10 米。如此看来，需要把苹果移到离眼睛很远的地方，才能够让苹果看上去真的等同于天上月亮的大小！至于盘子，那就需要移到眼前约 30 米处才行，约等于 50 步。

很多初次听到这种说法的人，会觉得上面所讲的内容有些难以置信，然而这却是无可置辩的事实。其原因就在于我们只有半度的视角去观望月亮。在日常生活中，很少会遇到需要估计角度的事情，因此，对于一个小角度，譬如说 1°、2°或者 5°，大多数人只有模糊的印象。当然也有例外的情况，比如在实际工作中习惯于角度测量的土地测量者、绘图工作者以及其他专业工作者。而对于我们来说，只有比较大的角度才能估得准确一点。比方说我们经常接触到的时钟，它的两针所构成的角度，如 150°、120°、90°、60°、30°，我们都可以在钟表上找到，即 5 点钟、4 点钟、3 点钟、2 点钟、1 点钟。而且，我们甚至不需要去看钟表上面的数字，只根据两根指针的位置和角度就能确定时间。但是对于个别极其微小的物体，我们一般只有在极小视角之下才能够看到它们，所以对于这种视角我们完全估计不出来，甚至连大约估计也不行。

1°视角

大家清楚 1°的角究竟有多大吗？下面我们列举一个实例来说明：我们且来计算一下，一个高约 1.7 米的中等身材的人，需要距离我们多远，才能够使我们的视角在望见他时成为 1°。如果用几何语言来描述，这句话就是：我们要算出一个圆的半径，圆心角 1°所对的圆弧长刚好等于 1.7 米。当然严格说来，不是弧而应该是弦，但是角度这样小，弧长和弦长之间的差别是极为有限的。

对于这个问题我们打算这样来考虑：如果 1°的弧长是 1.7 米，那么全圆周（360°）的长度则为 $1.7 \times 360 = 612$（米）；半径是圆周的 $\frac{1}{2\pi}$，若 π 约等于 $\frac{22}{7}$，那么半径就等于 $612 \div \frac{44}{7} \approx 97$（米）。

由此可见，如图 47 所示，这个人必须走到约 100 米远的地方，我们看到他时，视角才约等于 1°；假如此人走到 200 米远的地方，即 2 倍的距离，那么我们望见他时的视角约等于 0.5°；以此类推，如果他走到 50 米远的地方，那么我们望见他时，视角为 2°。

图 47

用同样的方法，对于 1 米长的木杆，当望见它的视角等于 1°的时候，我们可以毫无困难地计算出，此时木杆应该与我们有 $360 \div \frac{44}{7} \approx 57$（米）的距离；假如木杆为 1 厘米长，此时的距离就约为 57 厘米；同理，物体长 1 千米的时候，此时的距离就约为 57 千米。总而言之，一切物体，在相当于其高度或宽度的 57 倍的距离处看去，视角恰好等于 1°。如果你能牢记 57 这个数字，就可以将一切和物体视角有关的计算迅速而简单地做出来。比方说：想要望见一个直径为 9 厘米的苹果时视角恰好等于 1°，应该将它移动到什么距离？计算很简单，只用将 9 乘以 57，从而得出 513 厘米，也就是约 5 米。假如将该苹果移动到此距离 2 倍的距离上，那么向它望去时，视角就只有一半，也就是 0.5°。

因此，我们可以用同样的方法来计算出任何物体和月亮有相同的视大小时的距离。

趣味小知识：

　　人眼的视角极限大约为垂直方向150°，水平方向230°。实际生活中，10°是人视觉敏感区，10°～20°可以正确识别信息，20°～30°对动态的东西比较敏感。当图像的垂直方向视角为20°，水平方向视角为36°时，就会有非常好的视觉临场感，而且也不会因为频繁转动眼球造成疲倦。

盘子和月亮

一只盘子的直径为 25 厘米，应该将它移动到什么距离才能让它看起来和天上的月亮有相同的视大小？

列式如下：$0.25 \times 57 \times 2 = 28.5$（米）。即应该将它移动到距离人 28.5 米远的地方。

硬币和月亮

【题目】有两枚硬币，直径分别是 25 毫米和 21 毫米。那么，应该将它们移到距离眼睛多远才能让它们看起来与天上的月亮有相同的视大小？

【解答】$0.025 \times 57 \times 2 \approx 2.9$（米）；$0.021 \times 57 \times 2 \approx 2.4$（米）。

也许你会对这个答案表示怀疑，即在人们眼中月亮要比三步远的硬币（或者 80 厘米远的铅笔端面）大得多。那么，你可以握住一支铅笔，将手臂伸直，对准一轮满月，此时你会发现这支铅笔不但将整个月亮遮住了而且还绰绰有余。

还有更惊奇的事情等着你：在视大小相等的意义上，并不是盘子、苹果或者樱桃最适合与月亮相比拟，而是一颗小豆！苹果与月亮的视大小相等时，两者与人眼之间的距离是十分大的；当我们伸直手臂时，手中拿着的苹果，看起来比月亮要大很多倍；一颗小豆在距离眼睛 25 厘米的地方，视觉恰好为 $0.5°$，此时的一颗小豆看起来就与月亮大小相同。

人类视觉有一个极其有趣的错觉：在大多数人的眼中，月亮会引起增大 $10 \sim 20$ 倍的错觉。这个错觉的程度，主要是由月亮的亮度来决定的。相比盘子、苹果、硬币等物体，天幕上的一轮满月无疑更为明耀显目。

艺术家和普通人一样会受到这种错觉的欺骗：他们通常会在作品中，将一轮满月画得比应有的尺寸更大。

同样，太阳也是如此，我们从地面上观察太阳的视角也是 $0.5°$：虽然相比月球来说，太阳的半径要大约 400 倍，但它与我们之间的距离也同样大了约 400 倍。

特技镜头

现在我们先暂时抛开"开阔田野上的几何学"这个话题，转而谈谈有关电影的几个场景，这样才能够更好地解释视角这个重要的概念。

像火车撞车这样的惊险镜头以及像汽车行驶在海底这样的离奇镜头，你肯定在电影院的银幕上看到过。当然，对于这些惊险离奇的镜头，很多人都不相信它们是实地拍摄出来的。那么，你知道它们是怎样拍出来的吗？

这里面的秘密，通过几幅插图就能完全揭示。如图 48 所示，你在图上能够看到一列在玩具桥梁上面出了"事故"的玩具火车；图 49 中呈现的则是一辆玩具汽车被一根细线牵引着，而这辆车是在一只玻璃水箱后面。这些就是拍摄影片时的"实景"。那么，我们在银幕上看到这些场景的时候，为什么会认为它们就是实际的火车与汽车呢？而在这些插图上，我们一眼就能断定它们的尺寸是很小的。

图 48

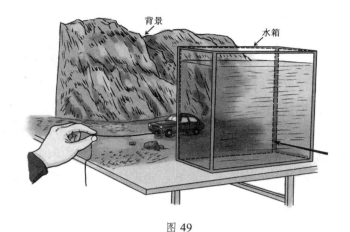

图 49

其实，原因不难理解：在拍摄影片的时候，都是从极近的距离来拍摄这些玩具火车和汽车的，所以观众在观看影片时，看到它们和看到真正的火车或者汽车恰好有同样的视角。而这就是引起错觉的全部秘密。还有一个镜头——来自电影《鲁斯兰与柳德米拉》（图 50）：骑在马上的鲁斯兰，很渺小；一个人头，很巨大。马上的鲁斯兰是在距摄像机很远处拍摄的；而人头模型则放在离摄像机较近的场地上。引起错觉的秘密就在这里。

图 50

人体测角仪

在野外郊游的时候，你不一定会随身携带测角仪。在这种情况下，你若想测量视角，就可以使用大自然赋予你的"活的测角仪"，它会永远伴随着你。这个"活的测角仪"到底是什么呢？它不是别的东西，正是你自己的手指。利用手指来测定视角的近似值非常简便，只需要事先一点准备工作。

第一步，我们要先确定一个视角度数，也就是当我们向前伸直手臂，眼睛看向这只手的食指指甲时的视角度数。通常情况下，成年人的食指指甲宽为 1 厘米，眼睛距离伸直手臂后的食指指甲 60 厘米左右。所以，我们看见指甲时的视角差不多有 1°（确切来说要小于 1°，因为前面我们已经说过，距离在 57 厘米的时候视角才能恰好等于 1°）。对于青少年来说，虽然他的指甲宽度要小一些，但是他的手臂也要短一些，因此所构成的视角大约也是 1°。当然，读者最好能够亲自测量一下，而不是依赖或者随便采用书中告诉你的数据。只有这样，你才能知道自己看见食指指甲时的视角，是否恰好为 1°。假如得出的角度大得太多，那你可以找另一只手指的指甲替代。

在知道这一点之后，你在测量一切微小的视角时就可以"赤手空拳"了。假如你将手臂伸直，通过食指指甲向远处一个物体望去，此时这个物体恰好被食指指甲所遮掩，那么你看这个物体的视角就等于 1°，换句话说，这个物体和你之间的距离就等于它本身宽度的 57 倍；假如你的食指指甲只能将这个物体宽度的一半遮掩住，那么你看它的视角就为 2°，而你离它的距离就等于它宽度的 28.5 倍。

想要测量更大一点的角度，就要利用你大拇指上面那一节长度了（此处注意，不是宽度而是长度）。将其弯曲，使其与下边一节成直角，然后向前伸直手臂。成年人的这段手指的长度大约是 3.5 厘米，而眼睛到这个弯曲的指节的距离约等于 55 厘米。由此，我们就可以很简单地算出这种情形下的视角约为 4°。这个方法既然能用来测出 4°的视角，那么也能测出 8°的视角。

另外还有两种利用手指就能测量角度的方法，下面我们介绍一下：

1. 尽可能地分开中指和食指，向前伸直手臂，如此望去时两个指尖之间的视角是 7°～ 8°。

2. 向前伸直手臂，使大拇指和食指分开到最大限度，这样望去两个指尖之间的视角是 15°～16°。

你在郊游的时候，能够找到许多实证上面几种方法的机会。譬如，远处有一辆货车，你伸直手臂时，大拇指上节的一半恰好将货车全部遮掩住，也就是说，看到这辆货车时的视角约等于 2°，那么假如你已知货车的长度——一般是 6 米左右，你就能够很容易地测算出你和它之间的距离，即 $6 \times 28.5 \approx 170$（米）。当然，这种测量方法也存在着不足之处——测量的数值不是很精确，但是即使这样，也比单凭眼力毫无根据地去估计更为可靠一些。

这里，我们再介绍一种能够作出直角的方法——这种方法可以只依靠自己的身体而不用任何工具就完成。

如果你想过某点向一个指定方向作一条垂线，那么，你可以在这个点上站立，让你的视线与这个方向恰好平行，头部暂时保持不动，将一只手向要作垂线的方向自然水平伸出，掌心向下。然后将这只手的大拇指竖立起来，随后转过头来，从大拇指的方向向前望去，找出一个物体，例如石块、小灌木丛，确保这个物体在用眼睛（伸左臂时用左眼，伸右臂时用右眼）望去时恰好被大拇指所遮掩。此时，你所要作的垂线就是从你站立的地方向找出的物体所作的直线。这种方法看起来不可能得到靠谱的结果，但是经过短时间的练习以后，你肯定会高度认可这种方法。

雅科夫测角仪

实际上，还有一种自制的仪器，不但比前面讲的"身体测角仪"更为精确，而且制作更简单、使用更方便。这个仪器是由一位叫雅科夫的古人发明的，因此被称为"雅科夫测角仪"。这个仪器被航海家们广泛使用（图51），直到 18 世纪后发明了更为便利、准确的测角仪——六分仪，它才逐渐被淘汰。

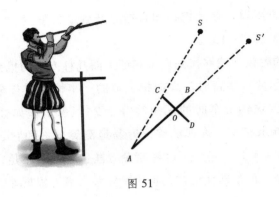

图 51

　　这种测角仪是由两根木棒 AB 与 CD 组成，其中 AB 长 70～100 厘米，CD 垂直于 AB 并且能够在其上滑动；CD 上的 CO 和 OD 两段的长度是相等的。假如你想利用这种测角仪对两颗星 S 和 S' 间的角距离进行测量，就需要先把测角仪的 A 端贴在眼睛前面，然后望向 S' 星，使木棒的 B 端与 S' 星恰好相对。紧接着，调整 CD 棒的位置，使得从 C 点望向 S 星时，S 星恰好被 C 端遮挡。当然，为了方便起见，我们可以在 A 端装上一片钻有小孔的铁片。现在已知 CO 的长度，再把 AO 的长度测量出来，就能够根据 $\tan \angle SAS' = \dfrac{CO}{AO}$ 将 $\angle SAS'$ 的值计算出来。

　　你知道这个测角仪上的横棒的另一端是用来做什么的吗？答案就是：它是在被测的角度太小而用上述方法又无法测量的时候用的。如图 52 所示，如果出现这种情况，就要移动横棒 CD，令它的 D 端与 S' 星恰好相对，C 端与 S 星恰好相对。这之后，就可以很容易地求出 $\angle SAS'$ 的大小了。

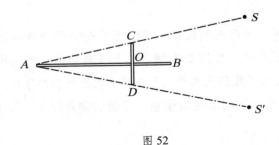

图 52

　　我们可以在制作测角仪时就画上刻度，然后标注上相应的角度值，这样可以避免每一次测量时都去作图或者计算。你只需要将这个仪器对准两颗星星，就可以直接读出这个被测角的度数。

炮兵的测角仪

　　众所周知，炮兵绝不是"盲目"发射炮弹的。他在知道了目标的高度后，还要计算出大炮与目标之间的距离。有的时候，如果要将火力从一个目标转移到另一个目标，还应计算出炮筒须转动的度数。

　　炮兵对于这一类题目的计算不但十分迅速，而且使用的都是心算法。你知道他们是怎样做的吗？

图 53

　　如图 53 所示，AB 是以 $OA = l$ 作为半径的圆上的一段弧；又 ab 是以 $Oa = r$ 作为半径的圆上的一段弧。依据这两个相似的扇形 AOB 和 aOb，可以将比例式列出，如下：

$$\frac{AB}{l} = \frac{ab}{r}$$

或

$$AB = \frac{ab}{r} l$$

式中的$\frac{ab}{r}$所表示的是视角$\angle AOB$的大小。将这个比值求出后，在已知l值的情况下，就可以将AB的值计算出来，或是在已知AB值的情况下，可以将l的值计算出来。

炮兵们为了简化计算，通常会采用将圆周划分成6 000等份的分度法，而不是将圆周划分成360等份。这时候，每一等份就约等于半径长度的千分之一。

假设在图53中圆O的ab弧是一个分划单位，那么全圆周的长度就等于$2\pi r$，即约等于$6r$，而ab的弧长就约等于$\frac{6r}{6\,000}$，即$\frac{1}{1\,000}r$。在炮兵术语中，这个单位被称作一个"密位"。所以：

$$AB \approx \frac{0.001r}{r} l = 0.001l$$

意思就是，想要知道AB之间的距离——相当于测角仪中的一个密位，只要将距离l的小数点向左移动三位就可以了。

在用口语下达命令和用电报传达观测结果时，这种度数的读法就类似于电话号码的读法。比如：105"密位"就读作"一〇五"，写作"1-05"；8"密位"读作"〇〇八"，写作"0-08"。

那么现在，下面的这个题目你就能很容易地解答了。

【题目】前方有一辆敌方坦克，从反坦克炮上望去可以在0-05密位角下望见它。假设坦克高为2米，请将敌方坦克的距离计算出来。

【解答】已知测角仪5密位与2米相等，那么测角仪1密位就与$\frac{2}{5}$米相等，也就是0.4米。鉴于测角仪每一密位的弧长与距离的千分之一相等，那么，敌方坦克的距离就是1000倍的弧长，也就是：

$$l = 0.4 \times 1\,000 = 400（米）$$

指挥员或者侦察员在没有任何测角仪器的情况下也可以进行测量，只不过此时的仪器被他的手掌、手指或者任何手中现成的东西（参见本书"活的测角仪"一节）所代替而已。当然，此时不能用普通的度数，而必须将测出的"值"转换为"密位"。

几种物体"密位"的近似数值见表 1：

表 1　几种物体"密位"的近似数值

物体	密位
火柴宽度	0-03
火柴长度	0-75
圆杆铅笔（宽度）	0-12
中指、食指或者无名指	0-30
手掌	1-20

第 4 章　路上的几何学

铁轨的坡度

　　假如你沿着铁路路基向前走去，看到的将不仅仅是指示千米数的里程碑，还有一些斜钉在矮柱上的小牌子——上面写有令人不解的数字，如图 54 所示。

　　其实，这就是"坡度标志"。例如，图 54（a）所示牌子上有两个数字和一道横线，其中的 0.002——横线上方的数字，表示的是这一段铁路的坡度为 0.002，也就是说，这段铁路每一米的起伏（高起或是低落）是 2 毫米；另一个数字 140——位于横线下面，表示的是在这 140 米内要保持这个坡度，而另一个注明新坡度的牌子会在这个距离的尽头看到。至于这个坡度向哪个方向倾斜，则是由牌子倾斜的方向所表示。图 54（b）中的这个牌子上面写有 $\frac{0.006}{55}$，它就表示在由此开始的 55 米内，每米铁路的起伏（高起或者低落）是 6 毫米。

　　你现在已经知道这个标志所表示的意义，那么两个相邻坡度牌之间的高度差也就不难算出来了。图 54（a）中的坡度牌与下一个坡度牌之间的高度差是：

$$0.002 \times 140 = 0.28 （米）$$

　　图 54（b）中的坡度牌与下一个坡度牌之间的高度差则为：

$$0.006 \times 55 = 0.33 （米）$$

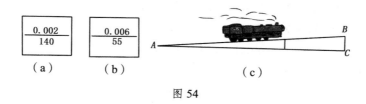

图 54

由此你可以看到，并不是用"度"来表示铁路路基坡度大小的。但是我们可以很容易地将它变为度数。如图 54（c）所示，假设 AB 为铁轨，BC 表示 A、B 两点间的高度差，那么，$\dfrac{BC}{AC}$ 即牌子上标明的坡度。因为 $\angle A$ 很小，可以把 AB 和 AC 看作一个圆周的半径，把 BC 看作这个圆周上面的一段弧。已知 $\dfrac{BC}{AC}$ 的值，就可以很容易地计算出 $\angle A$ 的度数。

比如，可以这样来思考 0.002 这个坡度：当弧长与半径的 $\dfrac{1}{57}$ 相等时，这个角就等于 1°；那么，当弧长是半径的 0.002 时，这个角度是多大呢？它的值 x 通过以下比例式就可以求出来：

$$x : 1° = 0.002 : \frac{1}{57}$$

$$x = 0.002 \times 57 \approx 0.11°$$

也就是约等于 $7'$。

对于我们来说，像这样有限的坡度是根本觉察不到的。一个步行的人，要想觉察到脚底路面的坡度，则需要坡度超过 $\dfrac{1}{24}$ 才行。假如将这个坡度换算为度数，约为 2.5°。

如果你沿着铁路前行，把从起点到终点一共几千米行程中的坡度标志都记录下来的话，那么可以将这一段路程的平均起伏（高起或者低落）值计算出来。

【题目】你沿着铁路前行，从第一块坡度标志牌开始，全程一共经过以下六个标志牌：

升	平[①]	升	升	平	降
$\dfrac{0.004}{153}$	$\dfrac{0.000}{60}$	$\dfrac{0.0017}{84}$	$\dfrac{0.0032}{121}$	$\dfrac{0.000}{45}$	$\dfrac{0.004}{210}$

请计算出你所走过的路程以及起点和终点之间的高度差。

【解答】走过的路程一共等于：

---

① 　0.000 表示这一段路面没有升降。

$$153 + 60 + 84 + 121 + 45 + 210 = 673（米）$$

你所升高的高度为：

$$0.004 \times 153 + 0.0017 \times 84 + 0.0032 \times 121 \approx 1.15（米）$$

你所降低的高度为：

$$0.004 \times 210 = 0.84（米）$$

由此可得，终点比起点的位置要高：

$$1.15 - 0.84 = 0.31（米）$$

一堆碎石的体积

对我们这些"户外的几何学家们"来说，即便是公路边的一堆碎石也能够引起我们的注意。如果你打算研究这堆碎石的体积有多大，那就是给自己提出了一个几何学题目，而且，对于只习惯使用黑板或者验算纸解决数学难题的人来说，这是一个十分费脑筋的问题。这里需要计算的是一个高和底面半径都无法直接测量出来的圆锥体的体积。不过，它们的值虽然无法直接测出，但是利用间接的方法却很容易得到。具体做法如下：

首先，利用绳子或者皮尺将底面圆周长测量出来，所求半径就等于圆周长与 2π（约 6.28）的比值。

比较麻烦的是如何求高。如图 55 所示，必须先将侧高 AB 量出来，或者像工人那样，用皮尺或者绳子过顶点将两边的侧高线总长 ABC 一次性量出来。因为底面半径是已知的了，所以可以利用勾股定理将 BD 求出来。

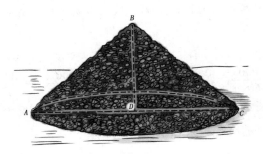

图 55

【题目】一堆碎石呈圆锥形，底面圆周长等于 12.1 米，两边的侧高线总长为 4.6 米，请将石堆的体积算出来。

【解答】先将石堆的底面半径求出来，列式如下：

$$12.1 \div 2\pi \approx 1.9（米）$$

然后计算出堆高为：

$$\sqrt{2.3^2 - 1.9^2} \approx 1.3（米）$$

所以，这堆碎石的体积就等于：

$$\frac{1}{3} \times 3.14 \times 1.9^2 \times 1.3 \approx 4.9（米^3）$$

"骄傲的土丘"到底有多高？

我曾在一个地方读到过，
一位国王命令他的军队
每人抓一把土来堆成一个土丘，
于是，骄傲的土丘耸立起来了，
国王可以从它的高处愉快地望见
被白色天幕覆盖着的山谷，
和那疾驶着轮船的海洋。

这段文字节选自普希金的诗剧《吝啬的骑士》。而每当一堆碎石或者一堆沙出现在我面前的时候，我就会不由自主地想起普希金的这段诗剧。

实际上，这只是一个没有任何真实性的传说而已，即使它看起来那么真实。假如一位古人想要实现建成"骄傲的土丘"这个愿望，那么在实现后，他一定会十分沮丧。因为最终出现在他面前的只是一个可怜的小土堆，小到无论如何都不足以称为"骄傲的土丘"，即便是幻想家也无法将它夸张成那样。而这些我们都可以通过几何计算来证明。

我们可以做一个大概的计算。你知道古时候的国王拥有多少兵力吗？当然，古时候的军队不可能有现在这么多人。有十万兵马的军队就已经算是一支了不起的大军了。我们就用这个数字来计算，假设由 100 000 名士兵每人抓一把土堆积成了这个土丘。你尽可能抓起一大把土，然后将其放入一个玻璃杯中，此时你会发现，无论如何一把土也不可能将整个杯子填满。我们假设每一把土的体积为 0.2 升（1 升相当于 1 000 立方厘米）。土堆的体积就能够计算出来了：

$$0.2 \times 100\,000 = 20\,000（升）= 20（米^3）$$

由此可见，这个土丘的体积不会超过 20 立方米。这个体积太小了，很令人失望。尽管如此，我们还是求一求土丘的高度。必须知道侧高和底面所成的角度，才能计算出圆锥体的高度。在这里，我们可以采用自然形成的倾斜角，即 45°：由于土块会向下滑落，因此更大的斜度是不能采用的。实际上，采用更小一点的倾斜角才更为合理，而这里为了方便起见，就用 45°。这样，就可以确定这个圆锥形土丘的高与它的底面半径相等，所以可得出算式：

$$20 = \frac{\pi x^3}{3}$$

因此，

$$x = \sqrt[3]{\frac{60}{\pi}} \approx 2.7（米）$$

这么一个 2.7 米高——相当于人体高度 1.5 倍的土丘，我们必须具有超强的想象力才能把它想象成一个"骄傲的土丘"。假如我们将其倾斜角取得更小一些，也就是把土堆堆得扁平一些的话，那么所得到的结果就更加可怜了。

我们再举一个例子：根据历史学家的估算，古时候，拥兵众多的阿提拉王一共拥有 70 万大军。如果在堆筑这个土丘的时候将这支大军的士兵全部用上，那么相比刚才计算出的高度来说，所堆成的土丘也就稍微高一点而已。其原因在于：即使新土堆的体积是刚才的 7 倍，它的高度也只有刚才的 $\sqrt[3]{7}$ 倍而已，也就是约 1.9 倍。所以，这个土丘的高度就等于：

$$2.7 \times 1.9 \approx 5.1（米）$$

曾横扫亚欧大陆的阿提拉王，恐怕不会满意如此矮的土丘吧！

至于"被白色天幕覆盖着的山谷"这样的景色，即使是在这些不高的土丘上也是能够欣赏到的，但是想要看见海，恐怕就需要土丘距离海岸边很近才行了。

公路转弯的地方

在转弯的时候，不管是铁路还是公路都不可能突然以一个急剧的角度改变方向，而是会用弯度不大的曲线缓缓地转向。认真观察，你会注意到：转弯处的曲线一般是一段弧线，一段恰好和这段路两端的直线部分相切的圆弧线。

例如，如图 56 所示，公路 AB 与 CD 段的直线部分跟转弯部分的弧线 BC 分别在点 B 和点 C 相切；换句话说，AB 和 CD 分别与半径 OB 和 OC 构成直角。如此设计的原因就在于可以使车辆由直线方向圆滑而缓和地转到曲线方向，然后再由曲线方向转回到直线方向。

一般来说，道路转弯处的半径都会很大，比如铁路上的转弯半径通常不会小于 600 米；主要铁路干线上的转弯半径通常要达到 1 000 米，甚至 2 000 米。

图 56

转弯半径

如果你此时就在这样的公路转弯处附近站着，那么你能测出它的半径吗？

这可不是那么简单就能算出来的，至少不会如计算画在纸上的弧线半径那么简单。在图上进行计算时，只要作出任意两条弦，再从它们的中点各作一条垂线，两条垂线相交的那个点就是这段圆弧对应的圆心，而所求的半径长度就是从这个点到曲线上任何一点的长度。

但是，由于道路曲线对应的圆心处于 $1 \sim 2$ 千米以外的远方，常常无法到达，所以想要在实地作这样的图是很不方便的。也许有人会提议，把道路曲线画到纸上，然后再求解不就可以了，只不过多出来一步绘图而已。但是不能忽略的一点是，把代表这段弯路的曲线画到纸上也并不简单。

其实，要解决这个问题也不难，关键在于直接计算半径而不要采用制图的方法。具体方法如下：如图 57 所示，假设将这一段圆弧 AB 补成一个完整的圆形，连接起弧线上的任意两个点 C 和 D，将弦 CD 以及"矢" EF 的长度（就是弓形 CED 的高）测量出来。在已知这两个数据的情况下，所求半径的长度就很容易算出来了。将 CD 和圆的直径看成是相交的两条弦，弦 CD 的长度用 a 来表示，矢的长度 EF 用 h 来表示，半径就用 R 来表示，由此就可以得出：

$$\frac{a^2}{4} = h\,(2R - h)$$

$$\frac{a^2}{4} = 2Rh - h^2$$

所以，要求的半径就是：

$$R = \frac{a^2 + 4h^2}{8h}$$

例如，当矢等于 0.5 米时，弦是 48 米，那么要求的半径的长度就是：

$$R = \frac{48^2 + 4 \times 0.5^2}{8 \times 0.5} \approx 580 \ （米）$$

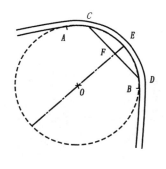

图 57

上述算式还可以简化：由于与 R 比起来，h 总是很小的，比如 R 经常等于几百米，而 h 却只有几米，所以在实际工作中完全可以用 $2R$ 来代替 $2R - h$。这样就可以得到一个非常简便的近似计算公式：

$$R = \frac{a^2}{8h}$$

用这个公式去计算刚才的例题，得到的数值完全一样：

$$R \approx 580 \text{（米）}$$

将半径的长度计算出来以后，要大致找出这段曲线对应的圆心所在地，只需要知道圆心位于通过弦的中点的垂线上即可。

还有一种情况下计算转弯半径会更加简单，就是路上已经铺上铁轨。如图 58 所示，你只需要把一条绳子拉直，使它与内侧的一条铁轨相切，外侧铁轨的一条弦就能够得出来，它的矢长 h 恰巧等于两轨间的距离。假设这种规格的轨距等于 1.52 米，而弦长为 a 的话，转弯半径就大约等于：

$$R = \frac{a^2}{8 \times 1.52} \approx \frac{a^2}{12}$$

假如 a 等于 120 米，那么转弯半径就约等于 1 200 米 [1]。

---

① 这种测量方法在实际应用中有一个不方便的地方，就是在弯并不大时，需要用到的绳子太长。

图 58

海洋底部

这一节我们谈一下洋底。也许读者会感到很意外，为什么突然就从铁路转弯问题跳到了洋底呢？实际上，这两个题目在几何学上的联系是非常密切而又自然的。

在这里，我们要谈的是关于洋底弯曲度的问题，同时要谈到洋底到底会是什么形状：是凹下去的，是平的，还是凸起来的？真相是，洋底不但不是凹下去的，甚至还是向上凸起的。对于这种现象，我们马上就可以知道原因了。通常我们会下意识地认为大洋是"无底又无边"的，其实，相比它的"无底"，其"无边"的程度又要大几百倍。也就是说，可以将大洋视作扩张到很大面积的一层水，随着地球球面的弯曲，这层水自然也会略呈弯曲状。

下面我们以大西洋为例展开研究。在近赤道的地方，大西洋的阔度大约占赤道全周的 $\frac{1}{6}$。如图 59 所示，假设图中的圆周表示赤道，而弧 ACB 就代表大西洋的洋面。假如此处海底是平的，那么它的深度就与 CD——弧 ACB 的矢长相等。已知弧 ACB 是全周长的 $\frac{1}{6}$，所以，弦 AB 实际上就是一个内切正六边形的一边——它的长度和圆的半径相等。因此，要求 CD 的值，我们可以利用前一节计算转弯半径的公式：

$$R = \frac{a^2}{8h}$$

由此得到：

$$h = \frac{a^2}{8R}$$

由于 $a = R$，所以：

$$h = \frac{R}{8}$$

已知地球的半径 $R \approx 6400$ 千米，因此可以得出：

$$h \approx 800 \text{（千米）}$$

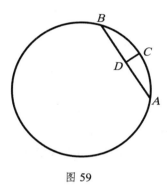

图 59

通过上面的计算可知，如果大西洋底是平的，那么它的最大深度应该等于 800 千米，然而事实上，它的最大深度还不到 10 千米。由此可得出结论：大西洋的底面是凸起来的，只不过相比它的水面来说，凸起的程度要略小一些。

同样，对于其他大洋来说，这个结论也是适用的。

第 5 章　行军三角学

正弦的计算

在这一章中，我们要谈论的是如何不用公式和函数表，仅仅利用正弦函数的概念，就将任何一个三角形的边长和内角算出来，并且分别精确到2%和 1°。这种简化三角学在下面的情形中会起到很重要的作用：你在郊外旅行的时候，既没有随身携带函数表，又将计算的公式忘掉大半。比如鲁滨孙在荒岛上遇到的很多问题，就可以用这种三角学来解决。

现在，假设你是一个完全没有学过三角学的人，或者是一个虽然学过但是已经将其忘得干干净净的人。那么我们从头开始。

首先，你知道直角三角形中一个锐角的正弦函数是什么吗？答案就是这个锐角的对边长度与这个三角形的弦长之比。例如，如图 60（a）所示，角 α 的正弦函数等于 $\dfrac{BC}{AB}$，或 $\dfrac{ED}{AD}$，或 $\dfrac{E'D'}{AD'}$，或 $\dfrac{B'C'}{AC'}$。根据相似三角形的关系很容易就能看出，这些比值是彼此相等的。

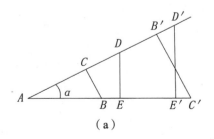

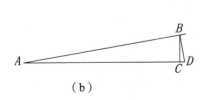

（a）　　　　　　　　　　　　　（b）

图 60

你知道 1°～90°各个角度的正弦函数值分别是多少吗？手中没有函数表时，又要怎样才能知道它们的值呢？其实很简单：自己完全可以编出一个正弦函数表来。现在我们就来讲一下。

我们先从几个常用角度开始。例如，先从 90°角开始，它的正弦函数值毫无疑问是 1。然后将 45°角的正弦函数值求出来，这个值运用勾股定理就可以求出来，它等于 $\frac{\sqrt{2}}{2}$，约等于 0.707。接下来，我们将 30°角的正弦函数值求出来，由于 30°角所对的边的长度与弦的一半的长度是相等的，所以 30°角的正弦函数值就是 $\frac{1}{2}$。

我们现在已经知道三个角度的正弦函数值，列出来就是：

$$\sin30° = 0.5$$
$$\sin45° \approx 0.707$$
$$\sin90° = 1$$

当然，只用上面 3 个角度的正弦值来解答几何题目肯定是不够的。我们必须将中间各个角度——至少每隔一度的角度的正弦值计算出来。在计算正弦值的时候，对于很小的角度可以用弧长和半径的比来替代对边和弦的比，这样所产生的误差就会很小。如图 60（b）所示，$\frac{BC}{AB}$ 的值与 $\frac{BD}{AD}$ 的值相差是非常小的。后者很容易计算出来。例如，1°的圆心角对应的弧长就等于 $\frac{2\pi R}{360}$，因此可以认为：

$$\sin1° = \frac{2\pi R}{360R} = \frac{\pi}{180} \approx 0.0175$$

同样，也可以求出：

$$\sin2° \approx 0.0349$$
$$\sin3° \approx 0.0523$$
$$\sin4° \approx 0.0698$$
$$\sin5° \approx 0.0872$$

但是，为了不产生过大的误差，我们必须注意采用这种方法时角度的极限。

假如我们在计算 $\sin30°$ 时用到这一方法，那么得出的数值不是 0.500，而是 0.524，此时出现了大约 5% 的误差。即使是对于精度要求并不高的行军三角学来说，这样的误差也已经过大了。

我们尝试用精确的方法来求一下 sin15° 的数值，看看能否找出上述近似方法适用的角度极限。如图 61 所示，我们需要先作一个简单的图。假设 sin15° 等于 $\dfrac{BC}{AB}$。将 BC 延长到 D 点，使 CD 与 BC 相等，连接 A、D 两点，如此就可以得到两个全等三角形，即 $\triangle ADC \cong \triangle ABC$，以及 $\angle BAD = 30°$。现在，作一条垂线 BE 到 AD，可得 Rt $\triangle BAE$，其中 $\angle BAE = 30°$，因此，BE 就等于 $\dfrac{AB}{2}$。

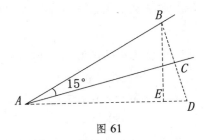

图 61

下面，AE 可以利用勾股定理从 $\triangle ABE$ 中计算出来：
$$AE^2 = AB^2 - (\frac{AB}{2})^2 = \frac{3}{4}AB^2$$

因此

$$AE = \frac{\sqrt{3}}{2}AB \approx 0.866AB$$

所以，$ED = AD - AE = AB - 0.866AB = 0.134AB$。这时，可以从 $\triangle BED$ 中将 BD 计算出来：

$$BD^2 = BE^2 + ED^2 = (\frac{AB}{2})^2 + (0.134AB)^2 \approx 0.268AB^2$$
$$BD \approx \sqrt{0.268AB^2} \approx 0.518AB$$

至于 BD 的一半，也就是 BC，应该等于 $0.259AB$，因此，需要计算的 15° 角的正弦函数值就等于：

$$\sin15° = \frac{BC}{AB} = \frac{0.259AB}{AB} = 0.259$$

这个数值就是三角函数表中 15° 角的正弦值。假如我们使用刚才的方法，那么求得的 sin15° 的近似值就等于 0.262。将 0.259 和 0.262 两个数值比较一下，假如只取前两位，那么得到的都是 0.26 这个近似值，且 0.26 与更精确的数值 0.259 相比，误差只有 $\dfrac{4}{1000}$。这种误差对于行军中的计算是可以接受的。所以，我们就可以用这种简单的方法将 1° 到 15° 的正弦函数近似值计算出来。

至于从 15°到 30°各个角度的正弦值，我们就可以利用比例关系求出来。

下面我们可以这样思考：sin30°和 sin15°之间相差 0.50－0.26＝0.24，那么我们可以假设正弦值在角度每增加 1°时，就会增加这个差值的 $\frac{1}{15}$，也就是增大 $0.24 \times \frac{1}{15} = 0.016$。当然，严格来说这是不准确的，但是这个方法之所以行得通，是因为这里的误差都发生在第三位小数上，而我们需要用到的只有两位小数。因此，15°与 30°之间各角度的正弦值通过在 sin15°的值上逐一增加 0.016 就可以得到：

$$\sin 16° = 0.26 + 0.016 \approx 0.28$$
$$\sin 17° = 0.26 + 0.032 \approx 0.29$$
$$\sin 18° = 0.26 + 0.048 \approx 0.31$$
$$\dots$$
$$\sin 25° = 0.26 + 0.16 = 0.42$$
$$\dots$$

用这种方法求出的这些角度的正弦值已基本符合我们的要求：它们的前两位小数是准确的，与精确的正弦值之间也只有小于 0.005 的差值。

同样，也可以像这样将 30°与 45°之间的各个角度的正弦值求出来。$\sin 45° - \sin 30° = 0.707 - 0.5 = 0.207$。这个差值除以 15，就得到 0.014。在 30°的正弦值上，依次加上 0.014，就可以得出：

$$\sin 31° = 0.5 + 0.014 \approx 0.51$$
$$\sin 32° = 0.5 + 0.028 \approx 0.53$$
$$\dots$$
$$\sin 40° = 0.5 + 0.14 \approx 0.64$$
$$\dots$$

现在，只有 45°以上的锐角的正弦值还没有计算出来。而勾股定理在这里又给我们帮了个大忙。如图 62 所示，假定我们想将 sin53°，也就是 $\frac{BC}{AB}$ 的值计算出来，由于 $\angle B = 37°$，那么可以按照前面的方法将它的正弦值求出来：$0.5 + 7 \times 0.014 \approx 0.6$。

此外，我们已知 $\sin B = \frac{AC}{AB}$。所以，$\frac{AC}{AB} = 0.6$，由此就可以得出：$AC = 0.6AB$。

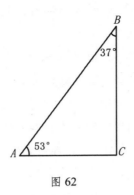

图 62

而将 *AC* 求出来以后，*BC* 就很容易计算出来了：

$$BC = \sqrt{AB^2 - AC^2} = \sqrt{AB^2 - (0.6AB)^2} = AB\sqrt{1 - 0.36} = 0.8AB$$

可得：

$$\sin53° = \frac{0.8AB}{AB} = 0.8$$

这里的演算其实并不困难，前提是知道开平方根的方法。

开平方根

你还记得代数课本里教给你的开平方根的方法吗？是不是感觉很容易忘记呢？其实，还有一种方法同样可以将平方根开出来。现在我们就介绍一种旧的简化的方法，甚至比代数课本里的方法还要简单。

我们以 $\sqrt{13}$ 为例。$\sqrt{13}$ 开出来的数值应该在 3 和 4 之间，所以，可以看作 3 加一个分数，因此假设这个分数等于 *x*，可以得出：

$$\sqrt{13} = 3 + x$$

可得：

$$13 = 9 + 6x + x^2$$

由于算式中的分数 *x* 的平方是一个很小的数，所以在第一近似值中可以略去，那么可得：

$$13 = 9 + 6x$$

$$6x = 4$$

进而得出：

$$x = \frac{2}{3} \approx 0.67$$

由此可见，$\sqrt{13}$ 的近似值就是 3.67。如果我们想得到更为精确的平方根，可以进一步假设：

$$\sqrt{13} = 3\frac{2}{3} + y$$

我们可以看到，算式中的 y 是一个不大的分数，既有可能是正数，也有可能是负数。等式两边同时平方，得到：

$$13 = \frac{121}{9} + \frac{22}{3}y + y^2$$

可以将算式中的 y^2 舍去，得到：

$$13 = \frac{121}{9} + \frac{22}{3}y$$

那么：

$$y = -\frac{2}{33} \approx -0.06$$

所以，$\sqrt{13}$ 的第二近似值如下：

$$\sqrt{13} = 3.67 - 0.06 = 3.61$$

当然，还可以用同样的方法继续计算第三近似值，依此类推。

我们可以用代数课本里所讲的方法来验证一下。算出 $\sqrt{13}$ 的值，只取前两位小数的话，同样等于 3.61。

利用正弦值求角度

通过前面的学习，我们现在已经能够将 0° 到 90° 之间各角度带两位小数的正弦函数值计算出来。以后在计算时，我们不需要利用三角函数表，就可以将正弦函数的近似值计算出来了。

但是有时为了解答三角学上的题目，还必须颠倒过来进行演算，也就是根据已知的正弦值，将它的角度计算出来。实际上，这并不复杂。

【题目】假设我们已知某个角度的正弦值等于 0.38，求出这个角的大小。

【解答】因为这个角的正弦值比 0.5 小，所以所求的角度也必然比 30° 小。

同时我们已经知道 sin15° 等于 0.26，所以它要比 15° 大。我们可以利用本章第一节中所学的原理，将这个介于 15° 和 30° 之间的角度计算出来，如下：

$$0.38 - 0.26 = 0.12$$
$$\frac{0.12}{0.016} = 7.5 \text{（°）}$$
$$15° + 7.5° = 22.5°$$

由此可见，所求的角度大约是 22.5°。

【题目】已知正弦值是 0.62，求它对应的角度。

【解答】

$$0.62 - 0.50 = 0.12$$
$$\frac{0.12}{0.014} \approx 8.6 \text{（°）}$$
$$30° + 8.6° = 38.6°$$

因此得出，这个角大约为 38.6°。

【题目】已知正弦值是 0.91，求它对应的角度。

【解答】这个角度应该是介于 45° 和 90° 之间的，因为这个正弦值介于 0.71 和 1 之间。如图 63 所示，假设 AB 等于 1，BC 就应该与 $\angle A$ 的正弦值相等。已知 BC 值，要求出 $\angle B$ 的正弦值就很容易了，如下：

$$AC^2 = 1 - BC^2 = 1 - 0.91^2 \approx 0.17$$
$$AC = \sqrt{0.17} \approx 0.41$$

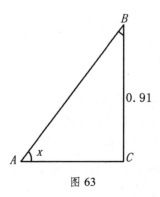

图 63

现在，已知 $\angle B$ 的正弦值为 0.41，将 $\angle B$ 的度数求出来，我们就能很容易地将 $\angle A$ 的值找出来，等于 90°$-\angle B$。因为 0.41 介于 0.26 与 0.5 之间，

那么 ∠B 就一定介于 15° 与 30° 之间。它的求法如下：

$$0.41 - 0.26 = 0.15$$

$$\frac{0.15}{0.016} \approx 10 \ (°)$$

$$\angle B = 15° + 10° = 25°$$

所以可知：

$$\angle A = 90° - \angle B = 90° - 25° = 65°$$

　　现在我们不但可以在已知角度的时候求出它的正弦值，也可以在已知正弦值时计算出角度来，可以说我们已经掌握了近似解决三角学题目的武器，其精确度足够达到行军中的要求了。

　　也许有人会提出疑问：难道我们只知道正弦函数就足够了吗？难道我们不会碰到需要其他三角函数，如余弦、正切的时候吗？

　　事实上，我们用一系列的例题就能证明，对于简化的三角学，只需要正弦函数就足够了。

太阳的高度角

　　如图 64 所示，从竖直的测杆 AB 投出的阴影 BC 长 6.5 米，已知 AB 长 4.2 米。那么你知道这时太阳在地平面上的高度角——∠C 的度数是多大吗？

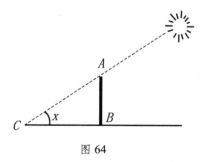

图 64

　　显然，$AC = \sqrt{AB^2 + BC^2} = \sqrt{4.2^2 + 6.5^2} \approx 7.74$，$\sin C = \dfrac{AB}{AC} = \dfrac{4.2}{7.74} \approx 0.54$。

∠C 的度数可以利用前面所说的方法求出，等于 33°。

因此太阳此时的高度角就是 33°。

与小岛的距离

【题目】如图65（a）所示，你漫步在一条小河边，随身携带着一枚指南针。这时你发现前方有一座小岛，于是你就想将岸上 B 点到小岛 A 点的距离测量出来。接下来，你利用指南针将∠ABN、直线 BA 以及南北方向线 SN 找了出来。然后，你又将 BC 线的长度和 BC 与 SN 线所形成的∠NBC 测量了出来。最后一步，同样，你在 C 点处也就 CA 线做了类似的工作。假设你现在所得到的数据一共有：

BA 线的方向在 SN 线北偏东 52°；

BC 线的方向在 SN 线北偏东 110°；

CA 线的方向在 S′N′ 线北偏西 27°；

BC 长度等于 187 米。

已知这些数据，B 点与 A 点间距离应该怎样计算呢？

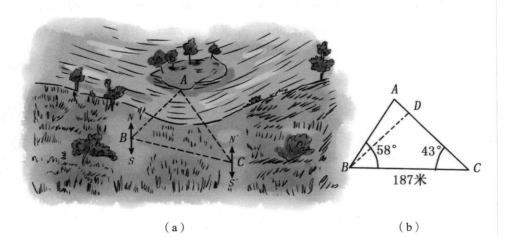

（a）   （b）

图 65

【解答】我们已知：△ ABC 中 BC 的长；$\angle ABC = 110° - 52° = 58°$；$\angle ACB = 180° - 110° - 27° = 43°$。

如图 65（b）所示，在这个三角形中将它的高 BD 作出来，可得到：

$\sin C = \sin 43° = \dfrac{BD}{187}$。

$\sin 43°$ 可以用前面所说的方法计算出来，等于 0.68。

因此，$BD = 187 \times 0.68 \approx 127$（米）。

现在，△ ABD 中直角边 BD 的长度我们已经知道了；$\angle BAC = 180° - (58° + 43°) = 79°$，$\angle ABD = 90° - 79° = 11°$。

可以将 11° 角的正弦值计算出来，等于 0.19。所以，$\dfrac{AD}{AB} = 0.19$。

同时，根据勾股定理：

$$AB^2 = BD^2 + AD^2$$

$AD = 0.19AB$，$BD = 127$，可得出：

$$AB^2 = 127^2 + (0.19AB)^2$$

最终得到 $AB \approx 129$（米）。

所以，B 点距小岛 A 点的距离就约等于 129 米。

当然，假如还需要将 AC 的长度求出来的话，相信读者自己也会计算了。

湖面的宽度

【题目】如图 66（a）所示，在计算湖面的宽度 AB 之前，你已经在 C 点用指南针测量出 CA 线北偏西 21°，CB 线北偏东 22°；此外还测出 BC 等于 68 米，AC 等于 35 米。请根据这些数据将湖面的宽度 AB 求出来。

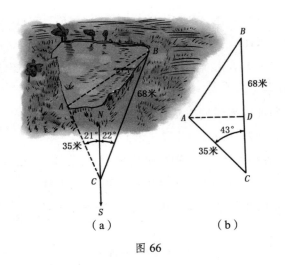

图 66

【解答】我们已经知道，在△ABC中，∠C = 21°＋22° = 43°，两条边BC和AC的长度分别是68米和35米。如图66（b）所示，在△ABC中作AD垂直于BC，得出：$\sin 43° = \dfrac{AD}{AC}$。

现在，我们先将$\sin 43°$的值求出，等于0.68。所以就可得出：$\dfrac{AD}{AC} = 0.68$，$AD = 0.68 \times 35 \approx 24$（米）。然后将CD计算出来：

$$CD^2 = AC^2 - AD^2 = 35^2 - 24^2 = 649$$

可得：

$$CD \approx 25.5 \text{（米）}$$
$$BD = BC - CD = 68 - 25.5 = 42.5 \text{（米）}$$

现在，从△ABD可得：

$$AB^2 = AD^2 + BD^2 = 24^2 + 42.5^2 \approx 2\,380$$
$$AB \approx 49 \text{（米）}$$

因此，湖宽就约等于49米。

如果还需要将△ABC中另外两个角的度数计算出来，那么在计算出AB等于49米以后，可以继续求出：

$$\sin B = \frac{AD}{AB} = \frac{24}{49} \approx 0.49$$

可得∠B ≈ 29°。

求∠A的度数时，可以用180°减去29°和43°，最后可求得∠A = 108°。

在求解关于三角形的题目时，有时已知的角或许是钝角，而不是锐角。我们可以举例来说明：如图 67 所示，在△ABC 中，已知一个钝角 A 和两条边 AB 和 AC 的长度。在求解时，同样先作高 BD，从△BDA 中将 BD 和 AD 求出。在已知 DA 与 AC 以后，可知 DC，BC 也就可以求出来了，同时根据 $\frac{BD}{BC}$ 的值就可求出 sinC。

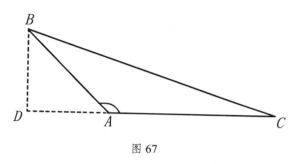

图 67

三个角的度数

【题目】假如我们在旅行中发现了一个三角形地区，它的三边长度通过脚步测量出分别是 43、60 和 54 步，请计算这个三角形三个角的度数分别是多少。

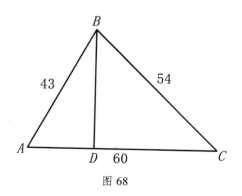

图 68

【解答】根据三条边的长度求三个角的度数，是三角形类题目中最为复杂的一种。但是我们同样可以不用其他三角函数，而只用正弦函数来解答。

如图 68 所示，在三角形最长的一边 AC 上作高 BD，可以得出：

$$BD^2 = 43^2 - AD^2$$
$$BD^2 = 54^2 - DC^2$$

而从上面两个算式可得：

$$43^2 - AD^2 = 54^2 - DC^2$$
$$DC^2 - AD^2 = 54^2 - 43^2 \approx 1\,070$$

同时由于：

$$DC^2 - AD^2 = (DC + AD)\ (DC - AD) = 60\ (DC - AD) = 1070$$
$$DC - AD \approx 17.8$$

通过 $DC - AD = 17.8$ 和 $DC + AD = 60$ 这两个算式，可得出：

$$2DC = 77.8$$
$$DC = 38.9$$

到现在为止，三角形的高就很容易算出来了：

$$BD = \sqrt{54^2 - 38.9^2} \approx 37.5$$

由此可以求出：

$$\sin A = \frac{BD}{AB} = \frac{37.5}{43} \approx 0.87$$
$$\angle A \approx 60°$$
$$\sin C = \frac{BD}{BC} = \frac{37.5}{54} = 0.69$$
$$\angle C \approx 44°$$

则第三个角 $\angle ABC = 180° - (\angle A + \angle C) = 76°$。

不用任何工具的测角法

前面讲过，我们往往只需利用一枚指南针或者自己的几个手指就能够实地测量一个角度。但是，有时也会出现需要测出画在平面图上或者地图上的角的大小这种情形。

当然，在解决这类问题时，如果身边有一具量角器就会变得非常简单。

但是有时候，比如在行军途中，找不到量角器的话，你要怎么办呢？在这种情况下，几何学家不应该束手无策。那么对于下面这样一个题目，你有什么解决方法吗？

【题目】如图 69 所示，有一个 ∠AOB，已知它小于 180°，要求你在求这个角的度数时不作任何度量，你知道应该怎么办吗？

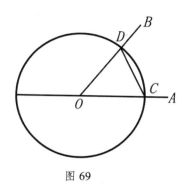

图 69

【解答】如果可以进行度量的话，我们可以从 BO 上的任意一点作一条垂线到 AO，作出一个直角三角形，然后量出这个三角形中三边的长度，将这个角的正弦函数值计算出来，这样这个角的大小也就求出来了。显然，这种解法与题目的要求不符。

对于这个问题，我们可以用下面的方法来解决：以角的顶点 O 为圆心，以任意长为半径作出一个圆，用线段将圆周与角两边相交的点 C 和点 D 连接起来。

然后，以弦 CD 的长为圆规两脚间距，从 C 点开始，在圆周上向一个方向逐段测量下去，一直到圆规的一脚刚好回到点 C 的位置为止。

在以弦长逐段去测量的时候，一定要记住在这期间一共绕了圆周几次，并且记住一共用弦长测量了多少次。

假设我们一共绕了圆周 n 次，并一共用弦长 CD 测量了 S 次。那么，要求的角度就等于：

$$\angle AOB = \frac{360° \times n}{S}$$

实际上，假设这个角为 x°，在圆周上用弦长 CD 测量的次数为 S，这就

好像是将 $x°$ 的角放大了 S 倍；在此期间，圆周也被绕了 n 次，因此，这个角就与 $360° × n$ 是相等的。由此可得出：

$$x° · S = 360° × n$$

$$x° = \frac{360° × n}{S}$$

对于图 69 中所示的这个角，你可以拿一具圆规测量一下，$n = 3$，$S = 20$，所以，$\angle AOB$ 就等于 $54°$。假如你手中没有圆规，也可以用一根大头针和一张纸条来替代；同样，也可以用方才那张纸条来测定弦长。

第 6 章　地平线与几何学

地平线

　　当你站在一望无际的草原上时，感觉像置身于一个你目力所及的圆面的中心。这个圆面的边缘是地平线。当你向它走去时，它就向后退去，因此，你会觉得地平线是无法接近的。但是，它确实存在，即使它不可接近。这并不是什么幻景，当然也不是视力上的错觉。

　　如图 70 表示的是地球的一部分，通过它可以阐明地平线的几何关系。观测者的眼睛处于 C 点，距离地面的高度就是 CD。在平地上，观测者向四周眺望，那么他能够望到多远的地方呢？看起来，最远只能望见 M、N 这样的点——在这里视线与地球表面相切，M 和 N 两个点以及所有在圆周 MEN 上的各点就是能够望见的边界；再远的地方就都在视线以下了。也就是说，地平线正是由这些点连成的。由于观测者会同时在这些点上望见天空和地上的物体，所以他肯定会感到在地平线上天穹和大地是相接的。

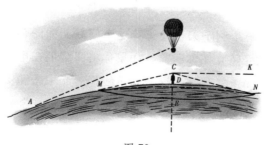

图 70

我们一般会觉得地平线与人眼总是在同一水平线上，而图上却将代表地平线的圆圈画到了比观测者低的地方，也许你会认为图70并没有将实际的情形画出来。事实上，认为地平线和我们的眼睛在同一水平线上，这只是视觉上的错觉而已。实际上，如图70所示，地平线肯定是比人的眼睛低的，不过 CN 和 CM 跟 CK——过点 C 且垂直于地球半径——所成的角（这个角叫作地平线下降角）异常小，在没有仪器的帮助下我们根本就察觉不到。

还有一件有趣的事情顺便提一下。刚才我们说过，当观测者登到高处时——例如乘飞机到高处后，地平线好像和他的眼睛仍然处于同一水平面上，换句话说，地平线好像随着他的升高而升高了。如果这位观测者飞到相当高的地方，他就会感到飞机下面的地面仿佛在地平线以下，也就是说，大地就好像是一个盆，而地平线成了盆的"边"。埃德加·爱伦·坡在他的幻想小说《汉斯·普法尔历险记》中，对于这个情形有很好的描写和解释：

> "最使我惊奇的是，"航空家说，"地面在我看来竟成凹下去的了。我起初以为，当我逐渐升高后，一定能看出它的凹面；等我仔细想了一番后，才找到这个现象的规律。从我的气球竖直引向地球的直线，仿佛成了直角三角形的一条直角边，这直角三角形的底边是从这条线跟地面的交点引到地平线的直线，斜边却是从地平线到气球的那条线。但是，我所升到的高度，和视野相比，是非常小的，换句话说，刚才这个三角形的底边和斜边要比竖直的直角边长很多，所以可以把这个三角形的斜边和底边看作两条平行线。因此，每一个位于气球之下的点，总是会给人低于地平线的感觉。觉得地球表面仿佛凹下去的原因正在这里。这个情形应该会持续到气球上升到一个相当大的高度，使三角形的底边和斜边不能被视作平行的时候为止。"

我们可以再举一个例子来帮助解释这个问题。如图71（a）所示，假设有一列整齐的电线杆竖立在你面前。如果你将眼睛放在电线杆的 b 点——电线杆脚所在的水平面上，那么，这一列电线杆看起来就和图71（b）中所呈现的一样；但是，如果你将眼睛放在 a 点——电线杆顶端所在的水平面上，那么这一列电线杆看起来就会和图71（c）中所呈现的一样，地面在这种情形中就好像从地平线上升起来了一般。

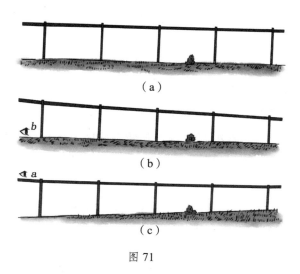

（a）

（b）

（c）

图 71

地平线的距离

　　你知道地平线距离我们究竟有多远吗？也就是说，站在平原上，我们目之所及的那个圆面的半径有多大？假如已知观测者在地球表面上的高度，要怎样才能算出地平线与观测者的距离？

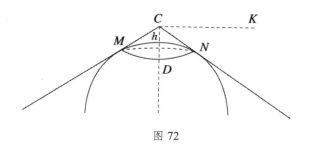

图 72

　　如图 72 所示，这个题目可以看作求线段 CN 的长度，CN 表示的是从人眼向地球表面所作的切线。我们知道：在几何学中，切线的平方与割线外段 h 和这条割线全长（$h + 2R$）的乘积是相等的，其中 R 表示地球的半径。

因为与地球直径 $2R$ 相比，人眼与地面之间的距离是极小的——甚至在乘飞机到达万米高空时，人眼距离地面的高度也只不过是地球直径的 0.001，所以可以认为：$(h+2R)$ 与 $2R$ 是相等的。如此，上述公式可以简化为：

$$CN^2 = h \times 2R$$

于是，用很简单的公式就可以将地平线与观测者的距离计算出来，如下：

地平线和观测者之间的距离就等于 $\sqrt{2Rh}$，其中 R 表示的是地球的半径，大约是 $6\,400$ 千米，h 表示的是人眼距离地面的高度。由于 $\sqrt{6\,400}=80$，所以地平线和观测者之间的距离就等于 $80\sqrt{2h} \approx 113\sqrt{h}$，算式中的 h 应该使用千米作为单位。

这是一个纯几何学的简化计算。影响地平线远近的还有物理学因素，如果我们把这个因素也考虑在内的话，还必须注意所谓"大气折射"的问题。受大气中光线的折射所影响，地平线与观测者的距离会在计算值的基础上加大约 $\frac{1}{15}$，即 6% 左右。而 6% 也不过是一个平均值而已。依据下列许多条件（表 2），地平线的距离略有增减：

表 2

增大	减小
气压高	气压低
接近地面处	在高处
冷天	暖天
早晨和傍晚	日间
潮湿天气	干燥天气
在海上	在陆地上

【题目】假如人站在平地上，所能够望见的地面上的距离是多远？

【解答】假如这个人是成年人，他的眼睛距离地面的高度约等于 1.6 米（0.0016 千米），因此可得出：

地平线和人之间的距离就等于 $113\sqrt{0.0016}$ 千米，即约等于 4.52 千米。

刚才说过，受大气中光线的折射所影响，地平线的实际距离要远出约 6%。所以应该将 4.52 千米再乘以 1.06，从而得到：

$$4.52 \times 1.06 \approx 4.8 \text{（千米）}$$

因此，在平地上，一个中等身材的人所能望见的距离一般不会比 4.8 千米更远。他目力所及的以其为中心的那个圆面的直径只有 9.6 千米，面积也只有约 72 平方千米。相比那些将辽阔草原形容为"一望无际"的人所想的来说，这要小得多了。

【题目】在海面上有一只小艇，一个人坐在上面向海面望去，你知道他能望到多远吗？

【解答】如果坐在小艇上的那个人的眼睛与水面之间的距离等于 1 米，也就是 0.001 千米，那么，地平线的距离会是：

$$113 \sqrt{0.001} \approx 3.57 \text{（千米）}$$

假如将空气折射的影响也考虑在内的话，大约等于 3.8 千米。至于更远的物体，只有它的上部能够望见，它的下部则隐藏在地平线的后面了。

当眼睛的位置更低时，地平线也就更近一些。例如，当眼睛距离地（海）面只有半米的时候，地平线就只在 2.5 千米远处。反之，假如是从类似于桅杆顶这样的高处来观测的话，那么地平线的距离就会增大。可以举例来说明一下，地平线的距离在你攀登到 4 米高的桅杆顶时，就会达到 7 千米。

【题目】当飞行于平流层的气球处于最高点的时候，你可知道地平线距离气球吊舱中的飞行员有多远？

【解答】气球位于平流层的最高处，它的高度为 22 千米，在这个高度上，地平线的距离是：

$$113 \sqrt{22} \approx 530 \text{（千米）}$$

再加上空气折射的影响，地平线的距离大约为 $530 \times 1.06 \approx 560$（千米）。

【题目】一位飞行员想看到 50 千米半径的地面，那么他应该飞多高？

【解答】根据地平线的距离公式，可以列出算式如下：

$$50 = \sqrt{2Rh}$$

$$h = \frac{50^2}{2R} = \frac{2\,500}{12\,800} \approx 0.2 \text{（千米）}$$

这就说明，这位飞行员只需要升到 200 米的高度就可以了。

如果将折射因素也考虑进去，需要再用 50 千米除以 1.06，得到 47 千米。所以：

$$h = \frac{47^2}{2R} = \frac{2\,209}{12\,800} \approx 0.17 \ (\text{千米})$$

这就是说，飞行员不需要升到 200 米的高度，只用升到 170 米高就够了。

铁轨在哪里相交？

【题目】平时你可能已注意到，铁路上两条铁轨在远处仿佛会逐渐归并为一条。也许你不止一次地看到过这个现象。但是，关于两条铁轨在远处的"碰头点"，你可曾想到过在哪里？而且，对于它们的"碰头点"，我们又是否能看得到呢？你现在已经有足够的知识来解答这些问题了。

【解答】有一个定律——一双正常的眼睛望向一个物体，当这个物体变成一个点时，你望向它的视角等于 1'。也就是说，当它与观测者的距离是其宽度的 3 400 倍时，它看起来就是一个点。

两条铁轨之间的距离（即轨距）等于 1.52 米。所以，两条铁轨要并成一个点，需要距离我们 $1.52 \times 3\,400 \approx 5.2$（千米）。如果我们能在 5.2 千米远的地方望到这两条铁轨，那么就可以看见它们并成一个点。但是在平地上，地平线与我们之间的距离只有 4.4 千米，而不到 5.2 千米。所以，视力正常的观测者站在平地上，是不可能望见两条铁轨的"碰头点"的。观测者要想望见这两条铁轨的"碰头点"，就只有在下面 3 种情形中才能实现：

1. 观测者的视力有所下降。因为在这种情形下，物体将在比 1' 大的视角下变成一个点。

2. 铁路的路面不是水平的。

3. 观测者的眼睛高于地面，高度为 $\frac{5.2^2}{2R} = \frac{27}{12\,800} \approx 0.0021$（千米），即 2.1 米。

岸边的灯塔

【题目】有一座灯塔坐落在岸边，塔顶与水面相距 40 米。从远处驶来一艘战舰，舰上的领航人所坐的地方距离水面 10 米。那你知道如果他想要望见这座灯塔的灯光，需要距离灯塔多远吗？

　　【解答】如图 73 所示，可以看出这个题目是要我们将 AC 的长度求出来，而 AC 由 AB 和 BC 这两部分组成。

图 73

　　其中，AB 表示的是在高为 40 米的灯塔上与所见到的地平线的距离；BC 表示领航人坐在水面以上 10 米的位置与所看见的地平线的距离。所以，需要计算的 AC 的长度就是：

$$113\sqrt{0.04} + 113\sqrt{0.01} = 113 \times (0.2 + 0.1) \approx 34 \text{（千米）}$$

月球上的"地平线"

　　【题目】到现在为止，我们所进行的一切计算都没有离开过地球。我们可以尝试将话题转移到另一个星球，譬如说月球。那么，你知道在月球上"地平线"的距离会有怎样的变化吗？

　　【解答】我们完全可以用学过的公式对这个题目进行解答："地平线"的距离就是 $\sqrt{2Rh}$，在这里，只需要把 $2R$ 换成月球的直径就可以了。

　　已知月球的直径等于 3 500 千米，所以，当人的眼睛距离地面 1.5 米的时候，就可以得出月球上的"地平线"的距离等于：

$$\sqrt{3\,500 \times 0.0015} \approx 2.3 \text{（千米）}$$

也就是说，在月球上，我们用眼睛所能望到的地方，只不过 2.3 千米远。

月球上的环形山

【题目】你望向月球的时候，即使用的只是一具倍数不大的望远镜，也能望见月球表面的许多环形山。其中有一座外径是 124 千米、内径是 90 千米的环形山被叫作"哥白尼环形山"。其环形山口四周的最高点与中间盆地地面之间的距离等于 1 500 米。如果你站立的位置正好是这环形山口内部盆地的中央，那么你是否能从那里望见环形山口的顶点？

【解答】要解答这个问题，首先应该将在最高点就是 1.5 千米高处所能看到的"地平线"的距离计算出来。在月球上，这个距离就等于 $\sqrt{3\,500 \times 1.5} \approx 72$（千米）。上一节已求出，在月球上，一个中等身材的人与"地平线"的距离等于 2.3 千米。将两者相加，即可得出观察者刚好看到山口最高点隐没时两者的距离：

$$72 + 2.3 = 74.3 \text{（千米）}$$

由于盆地中央距离山壁 45 千米，所以，观察者是不可能从此处望到山口的——山口已隐没到观察者所能看到的"地平线"之下。

第 7 章　圆的旧识新知

古埃及人和古罗马人的实用几何学

相比古埃及的祭司或者古罗马最有本领的建筑家来说，在已知直径的情况下计算圆的周长，今天的任何一名初中生都会比他们计算得更加精确。关于圆周长是直径长的多少倍这个问题，古埃及人认为是 3.16 倍，古罗马人认为是 3.12 倍，然而实际的倍数却是 3.141 59…。从这里可以看出，古埃及和古罗马的数学家完全是根据经验来确定圆周长和直径的比，而不是像后来的数学家那样计算时使用严格的几何学。那么，他们为什么会得出这样大的误差呢？先在一个圆的东西上面绕上一条丝线，然后解下丝线，不就可以量出它的长度来了吗？——难道这么简单的方法他们也不会吗？

毫无疑问，他们也正是这样做的。但是，这样做一定会得到很好的结果吗？我们可以做个实验：假设有一个圆底花瓶，直径等于 100 毫米。这个瓶底的圆周长应该是 314 毫米。可是，如果你测量的时候用的是一条细线的话，得到的结果恐怕就不一定是这个数值了；其实，量出的误差在 1 毫米左右是很普遍的，这样计算出来的 π 值将等于 3.13 或者 3.15。还有，对花瓶直径的测量也不可能完全准确，很可能也有 1 毫米的误差，所以，计算出来的 π 值将会在 $\frac{313}{101}$ 和 $\frac{315}{99}$ 之间，假如用小数来表示的话，就是在 3.10 与 3.18 之间。

由此可见，我们用这种方法计算出来的 π 值与 3.14 是不相符的：我们得到的答案有可能是 3.1，或 3.12，或 3.17，等等，也可能偶然得到 3.14，但是在计算的人眼里，这个值并不会比其他值有更重要的意义。

显然，使用这类实验方法，是不可能得到比较可靠的 π 值的。由此我们也就更加清楚为什么古时候的人们不知道圆周长和直径的正确比值。他们需要用思考的方式而不是用度量的方式才能找出 π 值，正如阿基米德通过思考求出了 π 等于 $3\frac{1}{7}$。

圆周率的精确度

在古代阿拉伯数学家穆罕默德·本·木兹氏的《代数学》一书中，我们可以看到有几行关于计算圆周长的文字：

> 最好的方法是把直径乘以 $3\frac{1}{7}$。这是最迅速最简单的方法。只有上帝才知道比它更好的方法了。

现在我们知道，阿基米德这个表示圆周长和直径之比的值 $3\frac{1}{7}$ 并不是完全精确的。理论已经证明，这个比值根本不可能用任何一个精确的分数来表示。对于这个比值，我们只能写成某个近似值，不过，它的精确度比实际上任何苛刻的要求还要高。

最早关于圆周长和直径比值的比较精确的计算要数中国的刘徽和祖冲之。在公元 3 世纪，刘徽用"割圆术"求得圆周长和直径比值的近似值等于 3.14。同时，他还提出，要想求得更精确的近似值还可以继续使用他的方法，最终求出的值为 3.1416。公元 5 世纪的祖冲之将这个值推算到了在 3.141 592 6 和 3.141 592 7 之间。

这个圆周长与直径的比值，就叫作圆周率。直至 18 世纪人们才用 π 这个希腊字母来表示圆周率。

如图 74 所示，16 世纪的欧洲人将计算出来的 π 值精确到了小数点后 35 位，并在自己的墓碑上刻上它们。具体就是：

3.141 592 653 589 793 238 462 643 383 279 502 38…

图 74

在 19 世纪，英国的尚克斯又将计算出的 π 值精确到了小数点后的 707 位。实际上，无论是在实用方面还是在理论方面，像这样长长一排的表示 π 的近似值的数据，是毫无价值的。除非是想创造"记录"，否则不会有超过尚克斯的愿望：曼彻斯特大学的弗格森和来自华盛顿的伦奇在 1946—1947 年，分别将计算出的 π 值精确到了小数点后 808 位，并且发现了尚克斯的计算从小数点后 528 位起有错误，他们为找出错误而感到荣幸。

比方说，地球的精确直径我们已经知晓，要将地球赤道的圆周长极其精确地计算出来，如精确到 1 厘米，π 的值我们也只需要用到小数点后的 9 位就足够了。如果我们在计算以地球到月球的距离作为半径的圆周长时，使用的 π 值精确到小数点后 18 位，那么所出现的误差不会超过 0.0001 毫米。换句话说，也就是不会超过一根头发的 $\frac{1}{100}$ 的粗细！

π 的值对于一般性质的计算只需要精确到小数点后 2 位（即 3.14）就够了；而对于更精确的计算，需要用到小数点后 4 位（即 3.1416，根据四舍五入的原则，最后一位用 6 而不用 5）。

杰克·伦敦的错误

杰克·伦敦所著的小说《大房子里的小主妇》，给几何学的计算提供了一个这样的题材：

有一段钢杆深插在田地中央。杆的顶端系着一条钢索，钢索的另一端系在田边的一部拖拉机上。司机压下了启动杆，发动机就开动起来。

拖拉机向前驶去，以钢杆为中心在它四周画了一个圆圈。

"为了彻底改善这部拖拉机，"格列汉说，"您剩下一件事，就是把它所画出的圆形变成正方形。"

"对了，这样的耕作方法用在方块田地上会荒废掉许多土地。"

格列汉做了一些计算，然后他发现：

"几乎每十英亩要损失三英亩之多。"

"不会比这少的。"

现在我们可以检验一下他的计算是否正确。

事实上，他的计算结果是错误的：所损失的土地要小于全部土地的十分之三。

假设正方形田地的边长用 a 来表示，那么这块正方形田地的面积就等于 a^2。它的内切圆的直径与 a 相等，而它的面积等于 $\frac{\pi a^2}{4}$。如此，正方形田地里剩下的部分应该是：

$$a^2 - \frac{\pi a^2}{4} = \left(1 - \frac{\pi}{4}\right) a^2 \approx 0.22a^2$$

由此可见，跟这位美国小说家所写的不少于 30% 不同，正方形田地里未经耕种的部分只有大约 22%。

计算 π 的近似值

这里有一个极为有趣而又意想不到的方法可以计算 π 的近似值：

首先，准备一些长约20毫米的缝衣针，最好去掉针尖，使针的全长粗细都相同。再在一张白纸上画出一些平行的直线，要求各直线之间的距离等于针长的2倍。然后，如图75（a）所示，用手将针拿到纸的上方任意高度，松开手让针逐一地落向下面的纸张，观察一下针是否和某一条直线相交。我们最好在纸张下面铺一层厚纸或者是呢绒之类的东西，这样针落到纸面上时不至于跳起来。要多次重复掷针，譬如100次甚至1 000次；每次都需要将针和直线是否交叉记录下来。在投掷完以后，用投掷的总次数除以交叉的次数，所得到的就是 π 的近似值了。

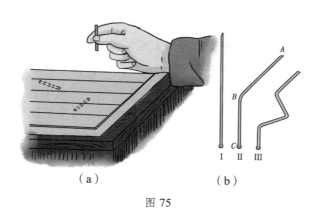

（a）　　　　　　　　（b）

图 75

对于为什么会这样，我们在这里解释一下：

假设针和直线相交的最有可能的次数等于 K，针长等于 20 毫米。针和直线相交时所形成的交叉点肯定会在这 20 毫米中的某一处，换言之，针上的每一毫米最有可能和直线相交的次数应该等于 $\dfrac{K}{20}$。现在假设针上有某段长等于 3 毫米，那么它和直线可能交叉的次数就应该等于 $\dfrac{3K}{20}$；假设某段长等于 11 毫米，那么它和直线可能交叉的次数就应该等于 $\dfrac{11K}{20}$；以此类推。也就是说，最有可能的交叉次数与针的长度是成正比的。

即使投掷的针有弯曲的形状，这个比值也同样是对的。假设将针弯成了图 75（b）-Ⅱ所示形状，$AB = 11$ 毫米，$BC = 9$ 毫米。那么，对于 AB 段来说，最有可能的交叉次数等于 $\dfrac{11K}{20}$，对于 BC 段来说，则是 $\dfrac{9K}{20}$，那么对于全针来说就是 $\dfrac{11K}{20} + \dfrac{9K}{20}$，结果仍然是 K。如图 75（b）-Ⅲ所示，我们也可以将针弯曲得更复杂一些，但是交叉的次数并不会因此有丁点改变。在这里，我们需要注意的是：使用弯曲的针时，可能出现有几处同时和直线交叉的情况，由于它们是代表每一段的交叉，所以这时就必须把每一个交叉点作为一次计算。

现在，假设我们把投掷的针换成一个圆环，圆环的直径恰好等于纸上两条直线之间的距离，换句话说，这个圆环的直径是之前针长的 2 倍。每次将这个圆环投掷下来的时候，就必然和两条直线交叉，或和两条直线相触及。也就是说，每次投掷必然会有 2 次交叉。假设投掷的总数用 N 表示，那么交叉数将等于 $2N$。与这个圆环相比，我们方才用来投掷的直针要短一些，针长和圆环周长的比值，与圆环的半径和圆环周长的比值是相等的，也就是说，等于 $\frac{1}{2\pi}$。但是，最可能的交叉次数和针长成正比这个结论，我们刚才已经确定出来。所以，针最可能的交叉数 K 与 $2N$ 之比也应该为 $\frac{1}{2\pi}$，也就是说，K 等于 $\frac{N}{\pi}$。既然 $K = \frac{N}{\pi}$，那么 $\pi = \frac{N}{K} = \frac{投掷次数}{交叉次数}$。

得到的 π 值会随着投掷的次数越多而越精确。瑞士的一位天文学家沃尔夫曾经对 5 000 次投掷进行了统计，最后得到的 π 值是只比阿基米德的数字略为逊色的 3.159…。

现在你可以看到，用实验的方法竟然可以将圆周长和直径的比值计算出来。而有趣的是：不但不用绘出圆形，而且也用不着绘出直径。也就是说，连圆规都用不着。即使一个人根本不懂几何学，甚至对于圆也没有一点认识，但是只要他有耐心进行多次掷针实验，π 的近似值也可以确定出来。

方圆问题

对于"方圆问题"这个几何学上著名的题目，相信大家都不陌生。早在 2000 多年前，数学家们就已经研究过这个问题了。对于这个问题，我相信肯定有读者也尝试过进行解答。这道古典题目不可解的困难在什么地方，肯定会有很多读者觉得好奇。

无论是在理论上还是在实用上，数学中有不少问题都比方圆问题更为有趣。但是，没有一个问题能够像它一样被大家所熟知。2000 多年来，很多杰出的数学家和数学爱好者为它付出了巨大的努力。

那么，什么是"方圆问题"呢？实际上，所谓方圆问题，就是作一个正方形，要求其面积和已知圆的面积完全相等。这个题目我们在实际生活中时常会碰到，也正因如此，它可以通过可操作的方式来获得精确的解答。但是，这个引人入胜的古典题目，却是要求在只能用到两种作图手法的前提下，非常精确地作出等面积的正方形：① 用一个已知的点作圆心，将已知半径的圆作出；② 通过两个已知点作一条直线。简而言之，要完成作图，就只允许使用圆规和尺这两种绘图工具。

有一种看法在广大的非数学界人士中普遍流行，这种看法认为圆周和直径的比，也就是 π 值，不可能用有限的小数来表示——这就是解答这个题目的全部困难。这个理解有些局限，但这并不是他们的错，而是因为 π 的本质。事实上，把矩形变成等面积的正方形不但很容易而且也可以得到精确的解答。而要把圆变成等面积的正方形，也就等于用圆规和直尺作一个和原有圆等面积的矩形。从圆的面积公式 $S = \pi r^2$ 或者 $S = \pi r \times r$ 中，我们可以看得很清楚，与圆的面积相等的矩形，一条边长是 r，另一条边长是 r 的 π 倍。所以，能否作出一条已知长度 π 倍的线段来，就是整个问题所在。现在大家都已经了解到，π 既不完全与 $3\frac{1}{7}$ 相等，也不完全与 3.14 或者 3.14159 相等。π 的值，是用一系列位数没有止境的数字来表示的。

早在 18 世纪，数学家兰伯特和勒让德尔两个人就对上面所说的 π 的特性——它的无理数性质加以确定了。尽管已经确定了 π 是无理数，但人们还是继续努力地求解着"方圆问题"。他们觉得，使这题目变得不可解的并不是 π 是无理数这点，因为在几何学上，用作图的方法完全可以准确地将有些无理数"作"出来。比方说，可以作一段长度为 $\sqrt{2}$ 的线段。$\sqrt{2}$ 和 π 是一样的，也是无理数，而要作出这样一条线段却是非常容易的：它等于边长为 1 的正方形的对角线。

由此可见，并不是因为 π 是无理数，"方圆问题"才不可解，究其原因在于 π 的另一个特性。π 不是一个代数上的数，意思就是说，它不可能是某种具有有理数系数的方程的根。这种数叫作超越数。

早在 14 世纪，法国数学家韦达就证明：

$$\frac{\pi}{4} = \frac{1}{\sqrt{\frac{1}{2}} \times \sqrt{\frac{1}{2} + \frac{1}{2}\sqrt{\frac{1}{2}}} \times \sqrt{\frac{1}{2} + \frac{1}{2}\sqrt{\frac{1}{2} + \frac{1}{2}\sqrt{\frac{1}{2}}}} x \cdots}$$

假如表示 π 值的这个式子是经过有限次运算就可以求出确定的值的，那么就能够将方圆问题解决——那时，用几何方法就可以把上面的式子所代表的值"作"出来。但是，由于算式中开平方的次数是无穷的，所以，对于这个问题，韦达的算式并没有什么实质性的帮助。

由于 π 是超越数，换句话说，由于求解具有有理系数的代数方程式不可能求出这个数，所以方圆问题不可解答。在 1889 年，一位德国的数学家林德曼就严格地证明了 π 的这个特性。他证明了这个题目在几何学上作图的不可能性。从另一个角度看，他应该算是解答了"方圆问题"的唯一的人。也许我们会认为数学爱好者们为这个问题所做的努力在 1889 年就告一段落了。但可惜的是，对于这道题目的历史还不够清楚的许多数学爱好者，仍旧进行着不会有结果的尝试。

在理论上，"方圆问题"就是这样。

在现实中，它并不需要精确的解答。很多人认为，对于实际生活来说，"方圆问题"的精确解答有着重大意义，这其实是一个极大的误解。对于这个问题，在日常生活中只要有适当的近似求解方法，就能够满足需要了。

实际上，只要计算出 π 的前七八位数，就可以作出和圆等面积的正方形，再继续算下去就毫无必要了。只要知道 π 等于 3.141 592 6，就足够满足实际生活的需要了。生活中关于长度的度量，一般不可能得到多于 7 位数的结果。所以事实上，即使 π 值用到 8 位数以上，计算的精确度也不会因此而增加。假设用 7 位数表示半径，那么，即便你用到 100 位的 π 值，圆周长的准确数字也不会多于 7 位。当然，如果你有兴趣也有空闲的话，你可以利用莱布尼茨所求出的无穷级数，将 π 的上千位数字找出来，如下：

$$\frac{\pi}{4} = 1 - \frac{1}{3} + \frac{1}{5} - \frac{1}{7} + \frac{1}{9} \cdots$$

这种计算要有非常大的耐心才可以完成，因为如果为了求出 π 的 6 位数，就要在上式中不多不少取 2 000 000 项。但是，对于解答这道有名的几何题目来说，这种练习题起不到一点推进作用。因为它只能算是算术练习题而已。

对于这件事情，法国天文学家阿拉戈是这样说的：

追求解答方圆问题的人们，在继续从事这个题目的演算。其实这一题目不可能解答——这早已得到正式证明，而且，即使这个解答可能实现，也不会带来实际意义。这个问题已不值得再传播了。害着"聪明病"的，一心想发现方圆问题解法的人，将不会得到什么结果。

头顶还是脚底？

在儒勒·凡尔纳所著的小说中，有一位主人公好像曾经做过这样的计算：当他在环球旅行的时候，走了更多路的会是身体的哪一部分呢？是头顶还是脚底？这个问题，假如我们换个方式提出来，倒是一个很有教育意味的几何题目。现在，我们可以用这样的方式提出来。

【题目】假设你沿着赤道环绕地球一周，那么，相比你的脚底来说，你的头顶多跑了多少路程呢？

【解答】地球的半径用 R 来表示，所以你的脚底一共走的路程等于 $2\pi R$；而你的头顶走的路程却是 $2\pi(R+1.7)$，其中 1.7（米）表示你的身高。所以，头和脚所走路程的差就是：

$$2\pi(R+1.7) - 2\pi R = 2\pi \times 1.7 \approx 10.7 \text{（米）}$$

由此可见，头比脚要多走 10.7 米的路程。

有一个有趣的现象：地球半径的值并不包括在答案中，也就是说计算出的路程差与地球无关。所以，无论你是在环绕地球旅行，还是环绕木星或最小的行星旅行，结果都是一样的。总之，两个同心圆的圆周长的差取决于两个圆周之间的距离，而不是它们的半径。比如，将地球轨道半径增加 1 毫米后所增加的圆周长，就等于把一枚五分硬币的半径增加 1 毫米后所增加的圆周长。

下面我们介绍一道有趣的题目，它被许多趣味数学书收录。这道题目所依据的正是这个几何学上的佯谬。

假设在地球赤道上紧绕一根铁丝，然后把这根铁丝放长 1 米，那么一只老鼠能不能从这根放松了的铁丝和地球之间穿过呢？

一般情况下，很多人都会认为这个空隙会比一根头发还要细小，因为拿 1 米（100 厘米）去与地球赤道的长度 40 000 000 米相比较，相差简直太大了！但是事实上，这个间隙的大小竟然等于：

$$\frac{100}{2\pi} \approx 16 \text{（厘米）}$$

这样的间隙，不仅老鼠能够穿过去，甚至一只大猫都可以通过。

赤道上的钢丝

【题目】现在，假设将一根钢丝紧紧地捆在地球赤道上。如果使这根钢丝冷却 1℃，将会发生什么事情呢？我们都知道，钢丝在冷却后会缩短。假如它在缩短的过程中并没有发生断裂，也没有被拉伸，那么它将切进地面多深的距离？

【解答】乍一看，大多数人会觉得，温度仅仅是降低了 1℃，肯定不会让钢丝陷入地面太深，但是最终计算出来的结果却并不是这样的。

钢丝冷却 1℃ 时，其长度要缩短十万分之一，已知它全长为 40 000 000 米——这是赤道的周长，所以它缩短的长度也就是 400 米。这时，由这根钢丝所形成的圆周的半径究竟会缩小多少呢？我们可以通过计算求出来：用 400 米除以 2π，得到的结果约是 64 米。所以，这根钢丝冷却 1℃，它缩短后切入地面的深度在 60 米以上，而不是如想象中那样只有几毫米。

聪明的乌鸦

你还记得小学课本里面那个"聪明的乌鸦"的有趣故事吗？这个古老的故事讲述的是：一只乌鸦在非常口渴的时候，找到了一只盛水的细颈瓶。但是瓶中的水已经所剩不多了，乌鸦的嘴没有办法够到水面。这只乌鸦竟然想出了办法来解决困难：它找到了一些小石块，逐一地向瓶子中投去。结果水面升高到了瓶子口，于是乌鸦就喝到了水。

对于乌鸦究竟会不会有这么高的智慧这个问题，我们在这里并不打算研究。我们感兴趣的是这个故事在几何学方面的意义。通过它我们对下面这个题目进行研究。

【题目】如果瓶子中的水总共才只有一半，那么这只乌鸦是否会饮到水呢？

【解答】我们将题目简化一下，假设这个水瓶是方柱体，而石块都是同样大小的球体。我们知道，只有当瓶子里原有水的体积比所投入的石块间的空隙之和更大的时候，水面才能够升到石块之上；水在那时会占满石块间的所有空隙，升到石块上面来。现在，对于这些空隙一共占多少体积，可以尝试着计算一下。

要计算空隙体积，最简单的办法就是假设每个球形石块的球心都排在一条竖直线上。假设石球的直径是 d，那么它的体积就等于 $\frac{1}{6}\pi d^3$，而它的外切立方体的体积就等于 d^3。这两个的体积差（$d^3 - \frac{1}{6}\pi d^3$）也就是立方体里面没有被填满的部分的体积，其与立方体的体积之比为：

$$\frac{d^3 - \frac{1}{6}\pi d^3}{d^3} \approx 0.48$$

这就表示，每个立方体里面没有被填满的部分大致相当于它全部体积的 48%。换句话说，瓶子里所有空隙的体积总和，比瓶子的容积的一半稍小一些。假如瓶子里原有水量不及瓶子容积的一半，那么这只乌鸦就不能借助投掷石块的方法使水面升到瓶口。

假设乌鸦有能力将瓶子摇动，使各个石块堆积得更为紧密的话，它就能够把瓶子中的水面高度提升到原来的 2 倍以上。但是实际上这样的事情它肯定是做不来的，所以，我们假设石块堆积得比较松，是没有脱离实际情形的。此外，一般情况下，盛饮用水的瓶子都是中部比较大的，这也会使水面升高的高度有所减少，从而更加肯定了我们的结论：假如原有的水位少于瓶高的一半的话，乌鸦是不可能饮到水的。

第 8 章　不用测量和计算的几何学

不用圆规的作图

　　一般我们都需要使用圆规和直尺来作几何图形。但是，这一章我们将证明，即使有些图起初看起来仿佛非用圆规不可，但是事实上不用圆规也可以作出来。

　　【题目】如图 76（a）所示，请从所给出的半圆外的 A 点向直径 BC 作一垂线。图中并没有标出圆心的位置。要求作图的过程中不能使用圆规。

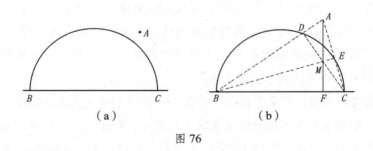

图 76

　　【解答】在这里，我们需要利用三角形的高会相交于一点这样一个特性。如图 76（b）所示，将 A 点分别和 B、C 两点连接起来，从而得出 D 点和 E 点。很明显，BE 和 CD 是△ABC 的高。过 A 点所作的 BC 的垂线就是第三个高，它应该通过另外两个高的交点，也就是要通过点 M。过 A 点和 M 点作一直线与 BC 交于 F 点，直线 AF 就是所求的垂线。只需要用直尺就可以完成，根本用不到圆规，这样我们的问题就解决了。

如图 77 所示，如果因为 A 点位置的关系，所求的垂线落在直径的延长线上，那么想要解答这个题，就只能当原题所示不是一个半圆而是整个圆。我们从图 77 可看出，对于这道题来说，它的解法和上面所讲的是一样的，只不过 $\triangle ABC$ 的高相交于圆外，而不是圆内。

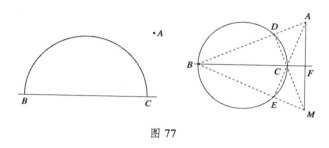

图 77

铁片的重心

下面这个结论你应该不会陌生：一块均匀的矩形或者菱形薄片的重心是在对角线的交点上；如果这块薄片是三角形的，那么它的重心就会在各中线的交点上；如果是圆形的，那么它的重心就在这个圆的圆心上。

【题目】现在，你可以想一下，一块由任意两个矩形组成的薄片（图78）的重心应该怎样用作图的方法找出来。在作图的过程中不得使用除了直尺以外的任何工具。

【解答】如图 79 所示，将边 DE 延长后与 AB 边相交于 N 点，同样，将 FE 边延长后与 BC 边相交于 M 点。首先，我们可以将这块薄片看作由两个矩形 $ANEF$ 和 $NBCD$ 组成。这两个矩形的重心，分别位于它们对角线的交点 O_1 和 O_2 上。所以，整个薄片的重心必定会在 O_1O_2 这条线段上。现在，再将这块薄片再看作由两个矩形 $ABMF$ 和 $EMCD$ 组成，那么这时两个矩形的重心分别是在 O_3 和 O_4 上，整个薄片的重心必定是在直线 O_3O_4 上。综上所述，整个薄片的重心应该是在 O_1O_2 与 O_3O_4 的交点 O 上。

毫无疑问，我们只用直尺就将这个难题解决了。

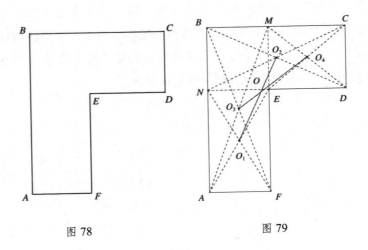

图 78　　　　　　　　图 79

拿破仑的题目

前面两题，我们只允许使用直尺，那么下面这个题目要改一改规则：只许使用圆规，不许使用直尺。据说，拿破仑曾经在读了意大利学者马克罗尼所写的关于这类作图的书之后，出于兴趣，就出了下面一个题目给法国的数学家们。

【题目】在不用直尺的情况下，把一个圆心位置已知的圆分成四等份。

【解答】如图 80 所示，我们可以假设把圆 O 的圆周四等分。由圆周上任意一点 A 开始，以半径的长度为弦长，依次在圆周上作出 B、C、D 三点。显然，点 A 和点 C 之间的弧长为圆周长的 $\frac{1}{3}$，同时，AC 也正是圆 O 内接等边三角形的一条边。所以，AC 就等于 $\sqrt{3}\,r$，其中 r 是圆的半径。毫无疑问，AD 就是圆的直径。然后用 AC 作为半径，分别从点 A 和点 D 处作弧，两弧相交于点 M。我们现在需要证明的是 MO 恰好与这个圆周的内接正方形的边长是相等的。

在 $\triangle AOM$ 中，直角边 $MO = \sqrt{AM^2 - AO^2} = \sqrt{3r^2 - r^2} = \sqrt{2}\,r$，也就是与内接正方形的边长相等。

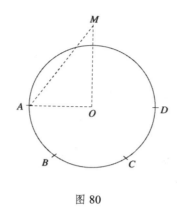

图 80

我们现在只需要以 *MO* 的长度为弦，用圆规在圆周上依次标出四个点，圆 *O* 的内接正方形的四个顶点就得到了，显然，这四个顶点把圆周分成了四等份。

最简单的三分角器

要把一个给定的任意角分成三等份，只使用圆规和没有刻度的直尺是不可能做到的。所以，人们就想出了使用其他工具来达到这个目的，比如三分角器。

每个人都可以自制一具最简单的三分角器来作为自己的辅助性绘图工具，材料仅仅是一张厚纸，或者一块硬纸板或薄铁片。

如图 81 所示，和半圆相接的一段 *AB*，长度等于半圆的半径。另一段 *BD*，垂直于 *AC*，并和半圆相切于点 *B*；*BD* 的长度不限。

如图 81 所示，假设我们需要把 ∠*KSM* 分成三等份。

调整三分角器位置，使 ∠*KSM* 的顶点 *S* 恰好在 *BD* 线上，使 ∠*KSM* 的一条边通过点 *A*，另一条边与半圆相切。然后，作 *SB* 和 *SO* 两条直线，这样这个角就被分成了三等份。

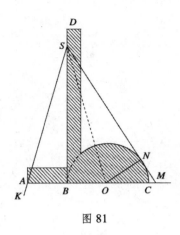

图 81

要证明这个做法是正确的，只需要用线段连接半圆的圆心 O 和切点 N。这时就不难看出，△ ASB 和△ OSB 是全等的，而△ OSB 和△ OSN 也是全等的。通过这些三角形的全等关系，就可以推知∠ ASB、∠ OSB 与∠ OSN 也是彼此相等的。

这样的三等分角方法，可以叫作机械的方法，因为它已经不是纯几何学的了。

三分角器之所以能够放到任何一个角里，是因为把角分成三等份的直线上的各个点都有这样一个简单的性质：如果从 SO 上的任一点 O 作线段 $ON \perp SM$，并作线段 $OA \perp SB$（图 81），那就可得 $AB = OB = ON$。这一点，读者不难自行证出。

> **趣味小知识：**
> 分角器是数学作图和工程制图工作中使用的绘图工具，同时兼具有量角器和直尺的功能。

闹钟三分角器

【题目】一个给定的角能不能利用圆规、直尺和一只闹钟分成三等份呢？

【解答】答案是肯定的。如图 82 所示，在一张透明薄纸上画出这个角，当闹钟的长短针并在一起的时候，就在钟面上铺上这张透明薄纸，使角的顶点恰好在两针轴心上，角的一边与两针重合。

图 82

当闹钟的分针走到和角的另一边相重合的时候（当然，你也可以自己把分针拨到那儿），在透明纸上照时针的方向从角的顶点画出一条线。这样就得到了时针转动的角度。接下来，利用圆规和直尺将这个角放大一倍，然后把放大了的角再放大一倍。如此得出来的角就恰好与所给角的 $\frac{1}{3}$ 是相等的。

其原理如下：当分针走了一个角 α 的时候，时针所走的角必然是分针所走角的 $\frac{1}{12}$，也就是走了 $\frac{\alpha}{12}$；那么，把这个角放大一倍后再放大一倍，最终所得到的角度就等于 $\frac{\alpha}{12} \times 4$，即 $\frac{\alpha}{3}$。

划分圆周

无线电爱好者、各种模型的设计者和制作者，以及一切喜欢用自己的双手制作物品的人，有时会碰到下面这种要动脑筋的题目。

【题目】怎样从一块铁片上切割出一个指定边数的正多边形？或者怎样将一个圆周分成 n 等份（n 是整数）？

【解答】使用量角器的方法，我们暂时放在一边，因为这种方法毕竟只是"用眼睛"来解决问题。我们应该多想想其他几何学方面的解法，比如只用直尺和圆规做辅助工具解决问题。

首先要解决的是这么一个问题：在理论上，仅仅使用圆规和直尺，到底可以把一个圆准确地分成多少个相等部分？在数学上，这个问题早已有了答案：并不能把圆任意等分。

能够等分的份数：2，3，4，5，6，8，10，12，15，16，17，…，257，…

不可以等分的份数：7，9，11，13，14，…

更为麻烦的是，并没有一个一致的作图方法，例如，分成 15 等份的方法就不同于分成 12 等份的方法，而且，其中有许多种方法还很难记住。

在实际工作中，只需要一种能够把一个圆周相当简单地划分成任何等份的方法就足够了，即使这种方法只能求得近似值。

这里有一个解答这类题目的有趣的近似几何方法，我们下面介绍一下。

如图 83 所示，假如要将一个给定的圆周分成 9 等份。以任一直径 AB 作一个等边 $\triangle ACB$，在点 D 将直径 AB 分成 AD 和 DB 两段，使 $AD : AB = 2 : 9$（在一般的情形下，使 $AD : AB = 2 : n$）。

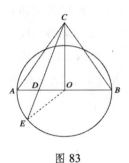

图 83

用线段将 C、D 两点连接起来，并将其延伸到和圆周相交于点 E，那么弧 AE 大约就与圆周的 $\frac{1}{9}$ 相等（对于一般情况，$AE = \dfrac{360°}{n}$），或者说弦 AE 就与内接正九边形（或 n 边形）的一边相等了。这里有可能产生大约 0.8% 的误差。

如果把刚才所作图中的圆心角 AOE 和等分的份数 n 的关系表示出来的话，可以得出公式如下：

$$\tan \angle AOE = \frac{\sqrt{3}}{2} \times \frac{\sqrt{n^2+16n-32}-n}{n-4}$$

当 n 的数值很大的时候，上式可以简化一下，成为下列近似的公式：

$$\tan \angle AOE \approx 4\sqrt{3}\ (n^{-1} - 2n^{-2})$$

把圆周准确地分成 n 等份，从另一个方面来说，$\angle AOE$ 就应该等于 $\dfrac{360°}{n}$。比较一下数值 $\dfrac{360°}{n}$ 和 $\angle AOE$，我们就可以得到使用上面的方法所产生的误差，如表 3 所示。

表 3

n	3	4	5	6	7	8	10	20	60
$\dfrac{360°}{n}$	120°	90°	72°	60°	51° 26′	45°	36°	18°	6°
$\angle AOE$	120°	90°	71° 57′	60°	51° 31′	45° 11′	36° 21′	18° 38′	6° 26′
误差 /%	0	0	0.07	0	0.17	0.41	0.97	3.5	7.2

通过表 3 可得知，我们用上面的方法把一个圆周分成 5、7、8、10 等份，所产生的误差为 0.07% 至 0.97%，不是很大。在大多数情形下，像这样的误差是不碍事的。但是这个方法的精确性会随着份数 n 的增加明显降低，也就是误差明显增高；不过，这个方法在 n 为任何值时，误差都不会超过 10%。

台球桌上的几何学

打台球的时候，假如想使被击的球先撞击台边一次、两次甚至三次后再落到洞里，而不是简单地沿着直线落到洞里的话，那么你就需要思考并解答一个几何题目。

正确地"用眼睛"找出球第一次撞到台边上的一点，这是最重要的。另外可以按照反射定律——入射角等于反射角，将这枚球在台上所经过的路径计算出来。

【题目】如图 84 所示，假设你的球在台面的中央，你想让它在落入洞 A 之前，跟台边发生三次碰撞，那么有哪些几何学知识可以给你一些帮助呢？

【解答】你可以这样想象一下，除了这张台子之外，还有三张同样的台子并列在它的短边上，然后向着想象中的第三张台子最远的洞将你的球击过去。

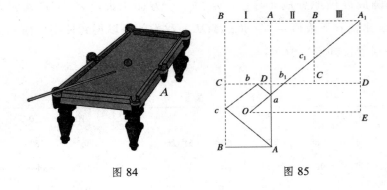

图 84　　　　　　　　　　　图 85

图 85 可以帮助我们解释清楚这个方法。*假设 OabcA 是球受击以后所经过的路径。*假定我们绕线 *CD* 将台子 *ABCD* 翻转 180°，让它处于图中 Ⅰ 的位置上；然后再绕线 *AD*、线 *BC* 各翻一次，那么最终它就会处于Ⅲ的位置上。那时，洞 *A* 的位置将变成在 A_1 点上。

显然，根据全等的三角形，你可以很容易地证明 $ab_1 = ab$，$b_1c_1 = bc$，$c_1A_1 = cA$，也就是说，线段 OA_1 的长度就等于折线 *OabcA* 的长度。

所以，你只用将球击向想象中的 *a* 点，那么球就会沿着折线 *OabcA* 滚去，最终滚入洞 *A* 中。

现在还有一个问题需要我们搞清楚：Rt $\triangle A_1EO$ 的边 *OE* 和边 A_1E 要相等的话需要什么条件呢？

很简单，我们可以确定：$OE = \frac{5}{2}AB$，$A_1E = \frac{3}{2}BC$。假如 $OE = A_1E$，那么 $\frac{5}{2}AB = \frac{3}{2}BC$ 或者 $AB = \frac{3}{5}BC$。

所以，如果台球案短的一边与长的一边的 $\frac{3}{5}$ 相等，那么 $OE = A_1E$，在这种情形下，只有沿着和台边呈 45° 角的方向击去，才能将台子中央的球打进洞 *A* 中。

"聪明"的台球

在上一节中，对于打台球的题目，我们用了一个简单的几何作图方法就解决了。现在，有一个有趣而古老的题目，要那颗台球帮我们解答一下。

台球怎么可能自己解题呢？它又不会思考！但是，也不是没有这种可能性，前提是必须完成某种计算，而且必须知道题中给的数所应该进行的算法以及运算的顺序。这种计算完全可以交由机器来做，它们会做得既迅速又准确。正是如此，人们发明了许多种用于计算的机器，从简单的加减机开始，一直到复杂的电子计算机。

下面要谈到的这类题目，大家在课余时常会碰到。比如，一个定量容器里盛满了某种液体，如果身边还有两只空的容量不同的定量容器，要把这液体的某一部分倒出来，究竟应该怎样倒呢？

下面这个题目，就是许多这种题目中的一个。

有一只可容 12 勺水的水桶，还有两只空桶，一只可容 9 勺，另一只可容 5 勺，要把大水桶中的水平均分成两份，需要怎样利用这两只空桶呢？

当然，要解答这个问题，你用不着真的拿水桶来做实验，而是可以在一张纸上将所有倾倒过程表示出来，如表 4 所示。

表 4

9 勺桶	0	7	7	2	2	0	9	6	6
5 勺桶	5	5	0	5	0	2	2	5	0
12 勺桶	7	0	5	5	10	10	1	1	6

上表每一栏中列出的数据代表每次倾倒以后桶内水的勺数。

第一列：9 勺桶空着，5 勺桶注满了，12 勺桶里面还余留 7 勺水。

第二列：把 12 勺桶中剩余的 7 勺水倒到 9 勺桶中。

以此类推。

这个表一共有 9 列，这就是说，要倾倒 9 次才能解决这一题目。

一笔画

请将图 86 所示五个图形画在一张纸上，然后尝试用铅笔将每一个图形描下来，要求是一笔画到底，即中途铅笔不得提离纸面，而且已经描过的线不许再描第二次。

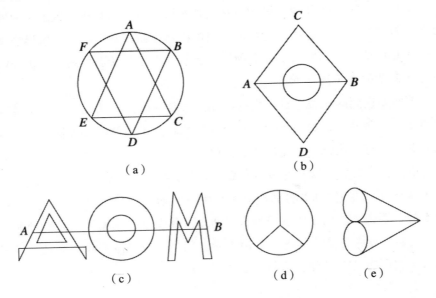

图 86

许多人拿到这个题目后，都会选择从图形（d）开始画，因为这个图形看起来最简单，但是他们都以失败告终。于是，他们垂头丧气，对于其他的图形也很少有信心去尝试了。但是出乎意料的是，一笔描出第一个和第二个图形并不需要费很大的力气，甚至看起来很复杂的第三个图形也顺利地一笔描绘出来。第五个图形则和第四个一样，没有人能够把它一笔画下来。

有些图形可以只用一笔就画出来，而有些图形却做不到这一点，这是为什么呢？其原因究竟是我们的智力在某些情况下不够，还是对于某些图形来说这种题目根本就无解？那么，能否找出一个线索，用来预先判断这个图形是否能够一笔画出来呢？

我们把每个图形中各条线的交点叫作"结点"；有偶数条线相交的结点就叫作偶结点，有奇数条线相交的结点就叫作奇结点。那么，图形（a）中的各个结点都是偶结点，而在图形（b）中有两个奇结点，即 A 点和 B 点；在图形（c）中，奇结点是横线 AB 的两端；在图形（d）和（e）中则分别有四个奇结点。

通过多次尝试和总结，我们不难发现以下规律：

1. 如果一个图形的所有结点都是偶结点的话，那么，不管你从它的哪一点出发，都一定可以把它一笔描绘下来。这时，描绘完毕时的终点应该恰好就是你的出发点。

2. 如果一个图形中含有两个奇结点的话，那么从一个奇结点开始，在另一个奇结点上终止，就是成功的画法。换句话说，就是笔的起点和终点不在同一个点上。

由此我们也可以得出，如果一个图形有四个奇结点的话，那么它就不可能一笔画出，而是必须用两笔才行。图 86 中的图形（d）和图形（e）都属于这一类型。

现在，你一定已经发现：如果学会了正确地思考问题，就能够事先知道很多事情，这样就可以避免浪费精力和时间。而教会你怎样正确思考的正是几何学。

现在的你已经可以想出无数个类似的图形，来考考你的朋友了。

最后，如图 87 所示，请你尝试把这两个图形用一笔描绘出来。

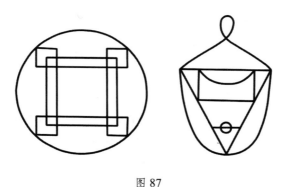

图 87

柯尼斯堡的 7 座桥梁

200 多年前，柯尼斯堡城里有 7 座桥梁架在波列格尔河上，如图 88 所示。

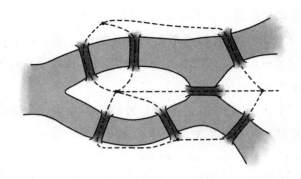

图 88

1736 年，数学家欧拉——那时他才不过 29 岁——对下面这个问题产生了兴趣：在城里散步，能否走过这 7 座桥梁，且每一座桥梁只经过一次？

不难看出，这个题目与我们方才所讲的描绘图形的题目相似。

首先，我们画出所有可能的路径，如图 88 中的虚线所示。结果得到的图形和图 86 中的图形（e）是相同的。现在你已经知道，这种图形不可能一笔就画出来，所以，这 7 座桥梁，如果每座只允许走一次的话，也是不可能全部走完的。而欧拉在那个时候就已经证明出来这一点了。

检验正方形

【题目】有一位裁缝，想要检验一下他的一块料子的形状是否是正方形。他所用的方法就是：将这块料子先沿着一条对角线对折，再沿着另一条对角线对折，发现这块料子的四条边恰好重合。那么请问，这种检验方法是否正确呢？

【解答】事实上，这位裁缝的做法只是证明了这块料子的各条边相等而已。不仅正方形有这个特性，菱形也同样具有这个特性，但是菱形要想成为正方形，它的各个角都必须是直角。所以，这位裁缝的检验方法是不完全正确的，他还必须确定这块料子的每个角都是直角——哪怕通过目力判定都可以。要确定这一点并不难：只要把这块料子沿着中线对折，看一下折在一边的各个角是否彼此相等就可以了。

下棋游戏

在玩这种游戏之前，需要找一块长方形的纸作为棋盘，再找一些小东西作为棋子，要求棋子形状相同，比如同样的硬币、火柴盒或围棋子等。要多准备这些小东西，最好是能够将整张纸都铺满。

这个游戏需要两个人来玩，两个人按顺序将棋子逐个放到纸上的任意位置，一直到铺满整张纸为止。在一个"棋子"放下去之后，就不能再改变它的位置。那么最后放下棋子的人就是胜利者。

【题目】能否找出一种方法，让走第一步棋的人一定是胜利者呢？

【解答】如图 89 所示，下第一步棋的人应该在纸的正中心位置放上他的第一枚棋子，使这枚棋子的对称中心恰好与纸的中心相重合；然后只需要在每一步将自己的棋子放在对手所放棋子的对称位置上即可。

图 89

走第一步棋的人，只要遵循这个原则，就总会找到安放他的棋子的地方，结果肯定是他下赢这盘棋。

那么，这个方法的几何实质是什么呢？实质就在于：长方形的纸有它的对称中心，它会将所有通过它的直线分为两半，并且整个长方形被通过它的直线分成相等的两个部分。所以，除这个中心外，长方形上任何一点（或放下的任何一个棋子）必然有与它对称的另一点（或放棋子的地方）。

由此可知，走第一步棋的人只要将图形的中心位置占领了，那么，无论他的对手把棋子放在什么地方，他都能在长方形纸上找到与这枚棋子——对手刚刚放下的——位置相对称的空位子。

又因为每次都是由后走的人来选择放棋子的位置，所以玩到最后，必然是他要放棋子的时候，纸上恰好没有了地方。因此，先下棋的人就是胜利者。

第 9 章 几何学中的大和小

两个容器

我们在比较面积或体积大小而不是单纯比较数值大小的时候，不容易搞清楚几何学上的大小观念。如果比较 5 千克的果酱和 3 千克的果酱，我们每一个人都可以毫不犹豫地回答 5 千克的要多于 3 千克的。但是对于图 90 所示的两个容器，就很难立刻说出哪一个的容量更大了。

图 90

【题目】如图 90 所示的两个容器，右边的比左边的粗 1 倍，而左边的比右边的高 2 倍。那么你知道哪一个容器的容量更大吗？

【解答】答案就是右边粗的那个要比左边高的那个容量大一些。对很多读者来说，这个答案可能有些意外。但是对于这一点，我们很容易就能通过计算加以证实。

粗容器的底面积是高容器的底面积的 4 倍，而高容器的高却是粗容器的

3 倍。所以，粗容器的体积就应该相当于高容器的 $\frac{4}{3}$ 倍。如图 91 所示，如果把足以装满高容器的水倒入粗容器中，那么这些水只会占据粗容器容积的 $\frac{3}{4}$。

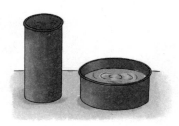

图 91

鸟蛋

【题目】如图 92 所示，有两只蛋，它们的外形一致，大小不同。左边的一只是鸵鸟蛋，右边的一只是鸡蛋。请你仔细观察这幅图，思考鸵鸟蛋的体积要比鸡蛋大多少倍。乍一看，你可能会觉得两者的体积相差得并不很大。但是，通过正确的几何计算得出来的结果会让你感到惊异。

图 92

【解答】将图中两只蛋的长度直接测量出来，可得出鸵鸟蛋的长度是鸡蛋的 $2\frac{1}{2}$ 倍。所以，鸵鸟蛋的体积就应该是鸡蛋体积的：

$$2\frac{1}{2} \times 2\frac{1}{2} \times 2\frac{1}{2} = \frac{125}{8} \approx 15 \text{（倍）}$$

也就是大约等于 15 倍。

如果一个人一顿要吃三只鸡蛋的话，那么这样大的一只蛋，足够一家五口人吃一顿。

保持蛋壳完整，测量蛋壳的质量

【题目】有两只大小各异，但形状相同的蛋。需要在不打破蛋壳的前提下，将两只蛋的蛋壳质量近似值确定下来。假设两只蛋的蛋壳厚度是相等的，那么要得出结果，必须进行哪些测量、称重以及计算呢？

【解答】先测量出每一只蛋的长度，分别得到 D 和 d。第一只蛋的壳重用 x 表示，第二只蛋的壳重用 y 表示。蛋壳的质量是和它的面积成正比的，那么也就是和它的长度的平方成正比。所以，在两只蛋的蛋壳有相同厚度的前提下，就可以列出如下算式：

$$x : y = D^2 : d^2$$

将两只蛋的质量称出来，分别是 P 和 p。每只蛋的蛋黄与蛋白的质量，可以看作和它的体积成正比，也就是和它的长度的立方成正比，由此可列出如下算式：

$$(P - x) : (p - y) = D^3 : d^3$$

现在，我们已经有了两个二元方程式，可以解这个方程组，从而得出：

$$x = \frac{p \times D^3 - P \times d^3}{d^2 (D - d)}$$

$$y = \frac{p \times D^3 - P \times d^3}{D^2 (D - d)}$$

对比有误的图画

对于根据直线尺寸来比较形状相似的物体的体积大小这个问题，相信读者们已经从前几节中学会方法了。所以，对于某些画报中出现的图画对比错误，现在你应该能够很容易地避免了。下面的这张图画就是这样的。

假设一个人平均每天要吃400克牛肉，那么在他的一生（以70年来计算）中，他要吃掉的牛肉大约就等于10.5吨。一头牛的重量大约是0.5吨，所以，一个人一生中总共要吃掉21头牛。如图93所示，上面画着一个人和一头牛。这头巨大的牛就是他一生中牛肉的供给。那么这张图正确吗？假如不正确的话，正确的比例应该是怎样的？

图 93

这张图的比例是错误的。上面画的牛，高度是一般的牛的21倍。那么，从体积上来说，它就相当于一般的牛的 $21 \times 21 \times 21 = 9\,261$ 倍。

《格列佛游记》中的几何学

在《格列佛游记》中，作者斯威夫特极其谨慎地避免了几何学上的错误。相信读者一定还记得，小人国中的1英尺就等于现实中的1英寸，反之，在大人国中，他们的1英寸就相当于现实中的1英尺。也就是说，在小人国中，所有的人、物品和自然产物的尺寸都只有现实中的 $\frac{1}{12}$，而大人国中的一切东西的尺寸都是现实中的12倍。乍看起来，这个比值好像非常简单，但是，在对下列问题进行解答的时候，你就发现它是十分复杂的。

1. 相比小人国中的人来说，格列佛每餐所吃的东西要多多少？体积大几倍？

2. 做一套制服，格列佛要比小人国的人多用多少布料？

3. 大人国的一个苹果有多重？

在这些地方，作者大多都处理得正确无误。他正确地计算出了，既然小人国的人的身高只有格列佛的 $\frac{1}{12}$，那么，他们身体的体积就只有格列佛的 $\frac{1}{12 \times 12 \times 12}$，也就是 $\frac{1}{1\,728}$。所以，必须有小人国每一个人所吃的 1728 倍的食物，才能使格列佛吃饱。我们在《格列佛游记》中可以读到关于这一点的描述：

> 300 名厨师为我预备午饭。在我的房子旁边，建立了许许多多的小舍，那里进行着烹调工作，并且居住着厨师和他们的家人。吃饭的时候，我一手取了 20 个仆人，放到餐桌上，另有 100 多人在地上侍候：他们之中有些在端饭送菜，另有一些抬着成桶的酒和饮料送来。站在上面的人，随时使用绳索和吊车把这一切提到桌上来⋯⋯

在格列佛裁制衣服所需要使用的料子方面，斯威夫特也计算得很正确。

格列佛身体的面积是小人国的人的 $12 \times 12 = 144$ 倍，所以，他所需要的料子和裁缝的人数等也需要是这么多倍才可以。作者将这一切都通过格列佛的嘴叙述出来，他说："一共有大约 300 名裁缝要给我按照当地的式样缝制全套衣服"（为了赶快缝制出来，需要多一倍的裁缝），场景如图 94 所示。

图 94

几乎在作品的每一页上，斯威夫特都得去做类似的计算。而通常情况下，他所做的这些计算都相当正确。书中也有少数一些地方没有能够按照应有的比例叙述的——特别是在描写大人国的时候。例如：

> 有一次，我和一位宫廷人员一同到花园里散步。当我刚好走到一棵苹果树下的时候，他抓住了机会，把我头上的一根树枝摇动了一下。于是，一阵木桶大小的苹果"雹子"，劈头盖脸地砸了下来；其中一个打中了我的背，把我打得跌倒在地上……

在这一击之后，格列佛安然无事地爬了起来。但是，我们通过计算可以发现，这么大一个苹果，从树上落下来直接打在格列佛背上，按理说是会带来毁灭性的打击的：因为这只苹果的重量是正常苹果的 1 728 倍，也就是大约 80 千克，并且是从 12 倍高的树上落下来的。相比普通苹果落下的能量来说，这个打击的能量要大约 20 000 倍，能和它相比拟的也只有炮弹了……

斯威夫特在书中所犯的最大错误出现在计算大人国的肌肉力量方面。在第一章中我们已经看到，巨大动物的肌肉力量并不和它的尺寸大小成正比。如果我们在此沿用第一章的结论，那么，虽然大人国的人的肌肉力量是格列佛的 144 倍，但是他们的体重却是格列佛的 1 728 倍。相比之下，大人国的人的肌肉力量可谓很小，只能躺在一个地方，毫无进行任何活动的能力。但是书中都将他们的肌肉力量写得很强大，这一点就说明了斯威夫特计算得不正确。

第 10 章　几何学中的经济学

巴霍姆买地

　　读者一定会对这一章的标题感到奇怪，至于我们为什么要选它当标题，一会儿你就明白了。我们现在用托尔斯泰的《一个人需要很多土地吗？》这篇故事的片段来做开篇。

　　　　"那么，什么价钱呢？"巴霍姆问。

　　　　"我们是价钱划一的：每天 1000 卢布。"

　　　　巴霍姆没有听懂。

　　　　"每天？这是一个什么样的度量单位呀？一天等于多少俄顷？"

　　　　"我们是不会计算这些的，"那人说，"我们只论天出卖。你一天之内能走多少地方，那些地方就是你的了，价钱呢，就是 1000 卢布。"

　　　　巴霍姆奇怪极了。

　　　　"可是，"巴霍姆说，"一天之内是可以走出很大一块地方来的呀！"

　　　　那个酋长笑了。

　　　　"那就全是你的，"他说，"只有一样：若是你在白天赶不及回到你出发的地点，你的钱就算白花了。"

　　　　"那么，"巴霍姆说，"我怎么标明我所走过的地方呢？"

　　　　"我们站在你选择的出发地点，你呢，带上一把耙，在需要做标记的地方，你就掘一个小坑，放些草根在里面。然后我们用犁顺着你的一个个坑儿刨出界限来。随你喜欢走多大的一个圈子，只要在太阳下山以前回到

125

你出发的地方，那么，你所走过的地方就都算是你的了。"

这几个人分手了。大家讲好明天天没亮就在这儿会合，等太阳一出来就可以出发。

他们到达草原的时候，还只是曙光微露。酋长走到巴霍姆面前，用手比画着。

"看，"他说，"这片你能看到的地都是咱们的，随你挑选吧。"

他把狐皮帽子脱了下来，放到地上。

"看，"他说，"这就算是记号。你从这儿走出去，还得走回这儿来。能走多少，就归你多少。"

太阳刚从地平线上露面，巴霍姆就搞起了耙向草原大踏步走去。

走了大约 1 俄里[①]，他停了下来，掘了一个小坑，便又继续向前走去。又走了一段后，挖了第二个坑。

一共走出 5 俄里了。巴霍姆望了望太阳，已经是吃早饭的时候了。"一站走完了，"巴霍姆想，"一天之内可以走四站，还不忙拐弯。让我再走 5 俄里，然后向左拐去。"他又笔直地向前走去。"好了，"他想，"这一边走得不少了，应该拐弯了。"他停了下来，挖了一个大一点的坑，就向左转去。

他在这一边上也走了许多路，然后拐了第二个弯。巴霍姆掉头向那土丘望去，由于天气太热，雾气迷漫起来，朦胧中隐约望到土丘上的人们。

"嗯，"他想，"这两条边走得太多了，这一边得少走些了。"他走上了第三条边。望了望太阳——太阳已经将近中午，第三条边一共只走出来 2 俄里。到原来的那地方还有 15 俄里。"不，"他想，"虽然地块不方正，还是照直线走去吧。"

巴霍姆赶快挖了土坑，转向土丘一直走去。

巴霍姆向土丘一直走着，已经是疲惫不堪了。他很想歇一会儿，但是不行，因为那就来不及在太阳下山之前赶到原来的地方了。而太阳已经离地平线不远了。

巴霍姆就这样走着，他已经觉得很吃力了，却还得逐渐把脚步加快。走呀，走呀——仍然远得很；他大步跑了起来……巴霍姆跑着，衬衣和衬

---

① 1 俄里 ≈ 1.066 8 千米。

裤已经被汗水湿透，贴到身体上了，嘴里干得冒出火来。胸膛里仿佛有一只铁匠用的风箱在抽着，心像铁锤般在乱敲。

巴霍姆用最后的力气跑着，太阳就要下山了，眼看着它就要溜到地平线了（图 95）。

图 95

太阳离地平线已经那么近了，幸亏目的地也已经不太远。他已经望见地上的狐皮帽子和坐在地上的酋长。

巴霍姆再望了望太阳，它已经走到地平线上，而且有一部分已经隐到地平线下了。巴霍姆用尽最后的力量，拼命向土丘跑去。抬头一望，前面就是狐皮帽子了。他两腿一软，向前扑倒了，两手刚好够到了狐皮帽子。

"嘿，好小伙子！"酋长叫道，"这下你有许多土地了。"

一个工作人员跑了过来，想把巴霍姆扶起，却发现他的嘴里流出血来，已经死在那里了……

我们不必去伤感这个故事的悲惨结果，只从几何方面做一个研究。

【题目】我们能不能根据这个故事中的说法，计算出巴霍姆所走过的土地面积大约是多少？

初看起来，这个题目好像不可能解答，但是真要解答起来却很简单。

【解答】我们仔细地把这个故事重读一遍，摘录下故事中的一切几何数据，就很容易看出，利用所得到的数据完全能将这个问题的答案计算出来，甚至巴霍姆所走过土地的平面图，我们都可以画出来。

首先，我们从这个故事中知道，巴霍姆走了四边形的四条边。关于第一条边，我们可以读到这样的句子：

"一共走出 5 俄里了……让我再走 5 俄里，然后向左边拐去……"

因此，四边形的第一条边总长约 10 俄里。

第二条边和第一条边是呈直角的，然而故事中却没有将它的里数说出来。

第三条边呢，应该也是垂直于第二条边的，而且故事中已经明白地说出"第三条边一共只走出了 2 俄里"。

第四条边，故事中也直接说出了："到原来那地方还有 15 俄里。"

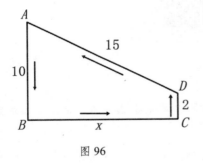

图 96

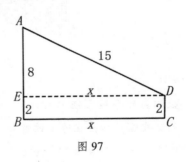

图 97

如图 96 所示，我们可以根据这些数据将巴霍姆所走过的土地的平面图描绘出来。在描绘出来的四边形 $ABCD$ 中，AB 等于 10 俄里，CD 等于 2 俄里，AD 等于 15 俄里；除此之外，$\angle B$、$\angle C$ 两个角都是直角。对于未知的 BC 边的长度 x，我们是不难算出的。如图 97 所示，只要从 D 点向 AB 作一条垂线 DE。现在，在 Rt $\triangle AED$ 中，直角边 AE 等于 8 俄里，弦 AD 等于 15 俄里，都是我们已知的。所以，未知的直角边 $ED = \sqrt{15^2 - 8^2} \approx 13$（俄里）。

这样，我们就将第二条边的长度求出来了，大约是 13 俄里。如此看来，巴霍姆认为第二条边要比第一条边短一点，肯定是他看错了。

现在看来，我们已经可以相当准确地将巴霍姆所走出来的地块的平面图画出来了。

我猜想，托尔斯泰在写这个故事的时候，一定有一张和图 96 相似的图形摆在他的面前。

如图 97 所示，我们现在可以很容易地计算出由矩形 $EBCD$ 和 Rt $\triangle AED$ 组合而成的四边形 $ABCD$ 的面积，它就等于：

$$2 \times 13 + \frac{1}{2} \times 8 \times 13 = 78 \text{（平方俄里）}$$

如果我们在计算的时候使用求梯形面积的公式的话，所得出来的结果也是一样的：

$$\frac{AB + CD}{2} \times BC = \frac{10 + 2}{2} \times 13 = 78 \text{（平方俄里）}$$

梯形还是矩形？

【题目】巴霍姆在他奔跑致死的那天，走出了一个梯形，所走的路程一共是 $10 + 13 + 2 + 15 = 40$（俄里）。起初，他打算走出一个矩形，之所以最终会走成梯形，完全是由于他没有计算好。那么，他走出来的是梯形而不是矩形，究竟对他是有利的还是不利的呢？这是一个很有趣的问题。他究竟要走成什么形状才能得到更多的土地呢？

【解答】周长是 40 俄里的矩形可以有很多种，每一种的面积也是不相同的。

下面我们看一些例子：

$$14 \times 6 = 84 \text{（平方俄里）}$$
$$13 \times 7 = 91 \text{（平方俄里）}$$
$$12 \times 8 = 96 \text{（平方俄里）}$$
$$11 \times 9 = 99 \text{（平方俄里）}$$

我们可以看出，上面这些周长是 40 俄里的矩形的面积，都要大于这个梯形的面积。当然，也有周长是 40 俄里的矩形的面积是小于梯形的，例如：

$$18 \times 2 = 36 \text{（平方俄里）}$$
$$19 \times 1 = 19 \text{（平方俄里）}$$

$$19\frac{1}{2} \times \frac{1}{2} = 9\frac{3}{4}\text{（平方俄里）}$$

所以，对于第一个问题，我们无法给出肯定的答案。在周长相等的情形下，有些矩形的面积要大于梯形，有些要小于梯形。

但是，对于第二个问题，我们却可以给出完全肯定的答案：在所有周长相等的矩形中，一定能找出一个面积最大的来。

我们比较一下上面算出来的各个矩形的面积，可以发现，矩形的周长一定时，其面积会随着两条边的长度差值的减小而增大。如此，我们可以顺理成章地做出这样一个结论：当两边的差等于零的时候，也就是矩形变为正方形时，图形的面积会达到最大值。此时，图形的面积就是 $10 \times 10 = 100$（平方俄里）。所以，如果巴霍姆沿着正方形的四条边走，就可以走出他想要的最大的面积，那时，相比实际走出的面积来说，他所走出的面积将多出 22 平方俄里。

正方形的特性

许多人可能还不知道，正方形有个奇妙的特性，那就是它的面积是周长相等的各种矩形中最大的。在这里，我们将它的最严格的证明介绍一下。

一个矩形的周长，我们用 P 表示。如果这个矩形是一个正方形，那么，它的每边长就等于 $\frac{P}{4}$。现在我们所要证明的就是，如果把其中一条边缩短一个值 b，就需要把另一条边加长一个值 b，所得到的矩形周长是不变的，但是面积要小于正方形。也就是说，需要证明的就是正方形的面积 $(\frac{P}{4})^2$ 要大于矩形的面积 $(\frac{P}{4}-b)(\frac{P}{4}+b)$，即

$$(\frac{P}{4})^2 > (\frac{P}{4}-b)(\frac{P}{4}+b)$$

因为这个不等式的右边等于 $[(\frac{P}{4})^2-b^2]$，所以全式可以化成：

$$0 > -b^2 \text{ 或 } b^2 > 0$$

这个不等式毫无疑问是成立的。因此，原来那个不等式也肯定是正确的。

总而言之，在周长相等的各种矩形中，正方形的面积是最大的。

同时，根据上面这一点可以确定，所有面积相同的各种矩形中，正方形的周长是最短的。可以通过下面的讨论来证明这一点。

假设该说法是不正确的，同时假设有某一个矩形 A，它的面积等于正方形 B 的面积，但是周长要小于正方形 B。那么，如果作一个与矩形 A 的周长相等的正方形 C 的话，这个新的正方形 C 的面积就应该大于矩形 A 的面积，因此也就大于正方形 B 的面积。那么会有什么样的情况产生呢？那时，正方形 C 的周长是小于正方形 B 的，但是面积却是大于正方形 B 的。很明显，这是不可能的：正方形 C 的边长既然小于正方形 B 的边长，那么，它的面积自然也比较小。所以，这个和正方形有着相同面积而周长却比正方形小的矩形是不可能存在的。也就是说，在所有面积相同的矩形之中，周长最小的是正方形。

如果巴霍姆知道正方形的这两个特性的话，他应该会将自己的体力正确地估计一下，从而走出面积最大的矩形。如果他知道自己可以在一个白天里不费力地走出 36 俄里的话，即按照边长是 9 俄里跑出一个正方形来，那么，他在日落之前所拥有的土地面积就等于 81 平方俄里。这个面积，相比他因奔跑过度而死亡所取得的成绩，还要多出 3 平方俄里。

反之，如果他只打算取得一块固定大小的土地——例如 36 平方俄里，那么他只需要走出一个每边等于 6 俄里的正方形就可以了，这样他所耗费的体力很少，也能够达到目的。

其他形状的地块

巴霍姆要达到取得更多土地的目的，是不是也可以不走出矩形而是走出其他形状呢？例如三角形、四边形或者五边形等。

对于这个问题，我们可以进行严格的数学讨论。但为防止引起读者的厌倦，我们在此就不描述这种讨论的过程了，只将这种讨论的结果介绍一下。

我们首先可以证明的是，所有周长相等的四边形中，面积最大的是正方形。所以，假如巴霍姆想取得一块四方形的土地，是根本不可能取得多于

100 平方俄里的土地的——假定他在一个白天最多可以跑 40 俄里。

然后，我们可以证明：相比任何周长相等的三角形，正方形的面积更大。有一样周长的等边三角形，它的每边长等于 $\frac{40}{3} = 13\frac{1}{3}$（俄里），根据面积公式 $S = \frac{a^2\sqrt{3}}{4}$（$a$ 表示边长），我们可以得出它的面积就是：

$$S = \frac{\sqrt{3}}{4} \times (\frac{40}{3})^2 \approx 77 \text{（平方俄里）}$$

这个面积甚至比巴霍姆所走出的那个梯形的面积还要小。

后面我们还会证明，所有周长相等的三角形中，等边三角形的面积最大。所以，既然这个等边三角形的面积小于正方形的面积，那么其他周长相等的三角形的面积就必然小于正方形的面积。

但是，如果我们把正方形与周长相等的五边形、六边形等相比较的话，正方形的优越地位就没有了。周长相同时，正五边形的面积要大于正方形的，而正六边形的面积更大，等等。

我们以正六边形为例说明这一点。当周长等于 40 俄里时，正六边形的边长就等于 $\frac{40}{6}$ 俄里，那么根据公式 $S = \frac{3\sqrt{3}\,a^2}{2}$，它的面积就等于

$$\frac{3\sqrt{3}}{2} \times (\frac{40}{6})^2 \approx 115 \text{（平方俄里）}$$

所以，如果巴霍姆选取的路线是正六边形的话，那么，他在付出同样的体力之后，拥有的土地比他实际所得的多 115 − 78 = 37（平方俄里），甚至要比他跑出正方形的时候多出 15 平方俄里（当然，想要做到这一点，必须随身携带一具测量角度的仪器）。

【题目】这里有六根火柴，请你摆出面积最大的图形。

【解答】使用六根火柴可以摆出很多种图案来，如正三角形、矩形、平行四边形以及一系列五边形和六边形。但是，对于一个"几何学家"来说，不用逐一比较这些图形的面积，就可以知道什么图形具有最大的面积，那就是正六边形。

我们可以严格地用几何学的方法证明：在周长相等的条件下，一个正多边形的地块，边数越多，面积也就越大。而周长一定时，面积最大的图形是圆形。如果当时巴霍姆是按照圆形来跑的话，那么当他跑出 40 俄里时，所得到的土地面积将会是 $\pi(\frac{40}{2\pi})^2 \approx 127$（平方俄里）。

三枚钉子

【题目】这里有三枚钉子，它们的截面分别是三角形、圆形、正方形。它们的截面的面积是相等的，而且所钉入的深度也相同。那么，哪一枚钉子最难拔出来呢？

【解答】据我们所知，钉子与它四周材料的接触面积越大，钉得就越牢固。而接触面积等于截面周长乘以钉入的深度。那么，在这三枚钉子中究竟哪一枚的截面周长最大呢？

在面积相等的情形下，正方形的周长小于三角形的，而圆形的周长又小于正方形的——这点我们已经知晓。如果把正方形的一边作为1，那么，这三枚钉子的截面周长就应该分别如下：

三角形钉：4.53，

正方形钉：4.00，

圆形钉：3.55。

所以，三角形钉子会是最难拔出的。

但是，这种钉子在市面上很难买到，它一般是不制造的，究其原因可能是这种钉子比较容易弯曲和折断吧。

体积最大的物体

前面我们介绍了圆形，现在我们要介绍一下球形。球形有和圆形相似的特性：在各种形体中，在相同的表面积下，体积最大的是球形。换句话说，就是在同体积的所有物体中，球形有最小的表面积。在实际生活中，这两个特性有着重要的意义。比方说，相比圆柱形或者其他可以容纳同样水量的水壶来说，餐厅里面用来烧茶水的球形水壶，有着比较小的表面积，而由于热量会从表面积上消散，所以，相比同容量的其他形状的水壶，球形水壶冷得就要慢些。同理，在温度计里面盛水银的球，如果它的形状是圆柱形而不是球形的话，受热和冷却——也就是达到和外界温度相等，就会比较快一些。

定和乘数的乘积

前面我们所研究的题目好像都是从经济学的观点出发的：在付出一定的体力之后，比方说跑了 40 俄里路程，要怎样获得最有利的结果，比方说取得最大的土地面积。

这类问题在数学里有它自己的名字，叫作"极大和极小问题"。这类问题是多种多样的，有很多只能应用高等数学来解答，但是也有不少只应用普通的数学就可以解答。下面我们就来讨论几个几何学的题目，我们准备利用"定和乘数的乘积"这一个有趣的特性来解答这些题目。

我们已经知道，正方形的面积要大于一切周长相等的矩形的面积。如果将这个几何学上的命题改成算术的说法，就成为：当我们想把一个数分成两部分且使这两部分的乘积最大时，就必须对半分这个数。例如，我们看看下面各数的乘积：

13×17，16×14，12×18，11×19，10×20，15×15，…，它们两个乘数的和都是 30，而其中乘积最大的就是 15×15，即便你用乘数是小数的两个数来比较，例如 14.5×15.5 等，也是一样的结果。

这个特性对于和一定的三个乘数的乘积也仍然适用：和一定的三个乘数，当三个乘数相等的时候，它们的乘积是最大的。由前一点就可以直接推出这一点。假设三个乘数分别是 x、y、z，它们的和是 a，可得：

$$x + y + z = a$$

我们假设 x 和 y 互不相等，用两者之和的一半 $\dfrac{x+y}{2}$ 代替它们，则三个乘数的和并不会改变：

$$\frac{x+y}{2} + \frac{x+y}{2} + z = x + y + z = a$$

而照前面所说，可得：

$$\left(\frac{x+y}{2}\right)\left(\frac{x+y}{2}\right) > xy$$

所以，三个乘数的乘积 $\left(\dfrac{x+y}{2}\right)\left(\dfrac{x+y}{2}\right) z$ 就比 xyz 的乘积要大，即

$$\left(\frac{x+y}{2}\right)\left(\frac{x+y}{2}\right) z > xyz$$

总而言之，x、y、z 三个乘数中只要有两个不相等，那么，就一定可以

找出在不改变乘数总和的情况下而乘积大于 xyz 的数来；只有当三个乘数彼此相等时，这样的情形才不可能出现。所以，假如 $x+y+z=a$，那么 xyz 的最大值就出现在这种情况下：

$$x=y=z$$

对于下面几个有趣的题目，我们就要运用定和乘数的这个特性来进行解答。

面积最大的三角形

【题目】在三角形的周长一定的情形下，三角形要有最大的面积，需要画成什么形状？

在前面我们已经介绍过，具有这种特性的三角形就是等边三角形。那么这一点又要怎样来证明呢？

【解答】在三边 a、b、c 以及周长 $a+b+c=2p$ 已知的情况下，将三角形的面积 S 计算出来。从几何课本中我们已经知道了有下面这么一个公式，那就是：

$$S=\sqrt{p(p-a)\ (p-b)\ (p-c)}$$

由此可得：

$$\frac{S^2}{p}=\ (p-a)\ (p-b)\ (p-c)$$

当三角形面积 S 的平方或者表达式 $\dfrac{S^2}{p}$ 达到最大值的时候，S 的值也最大。算式中 p 表示的是半周长，根据本题题意是一个不变的定值。因此，该问题就变成了乘积 $(p-a)(p-b)(p-c)$ 在什么条件下能够达到最大值。

由于这三个乘数的和是一个定值，那么：

$$p-a+p-b+p-c=3p-\ (a+b+c)=3p-2p=p$$

由此，我们可以认为，在各个乘数相等的时候，它们的乘积会达到最大值，也就是：

$$p-a=p-b=p-c$$

由上述算式可得出：

$$a = b = c$$

因此，在周长一定的情况下，三角形三边相等的时候面积是最大的。

最重的方木梁

【题目】我们怎样才能从一段圆木中锯出一条最重的方木梁来？

【解答】对于这个题目，我们必然要将它转化为另一个问题——在一个圆中怎样画出面积最大的矩形来。读者在看完前面的内容后应该能够猜到：这个矩形应该是一个正方形。在这里，将这个命题再严密地证明一下，也是很有趣的呢！

如图 98 所示，所求矩形的一条边长用 x 来表示，那么，这个矩形的另一条边长就可以表示为 $\sqrt{4R^2 - x^2}$，式中 R 表示的是这段圆木的半径。因此，这个矩形的面积就是 $S = x\sqrt{4R^2 - x^2}$，可得 $S^2 = x^2(4R^2 - x^2)$。

因为 x^2 和 $4R^2 - x^2$ 这两个乘数的和是 $x^2 + 4R^2 - x^2 = 4R^2$，是一个定值，所以，它们的乘积 S^2 将会在 $x^2 = 4R^2 - x^2$，也就是 $x = \sqrt{2}\,R$ 的时候最大。那时所求矩形的面积 S 的值，也将会达到最大值。

于是，最大面积矩形的一边等于 $\sqrt{2}\,R$，也就是等于内接正方形的边长。

如果把这段木料的截面锯成正方形，那么，做成的方木梁将会有最大的体积，同时也是最重的。

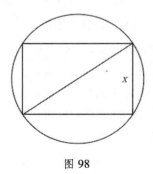

图 98

切出面积最大的矩形

【题目】从一块三角形的硬纸板上切出一个面积最大的矩形来，要求必须使这个矩形的边平行于三角形的底和高。

【解答】如图 99 所示，假设△ABC 是这个硬纸板，而 $MNOP$ 就是要切出来的矩形。根据△ABC 和△MBN 相似的特性，可以得出：

$$\frac{BD}{BE} = \frac{AC}{MN}$$

$$MN = \frac{BE \times AC}{BD}$$

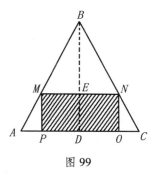

图 99

所求矩形的边长 MN 用 y 来表示，顶点 B 到 MN 的距离 BE 用 x 表示，△ABC 的底边长 AC 用 a 表示，△ABC 的高 BD 用 h 表示，那么上述算式就可以改成：

$$y = \frac{ax}{h}$$

所求矩形 $MNOP$ 的面积为：

$$S = MN \times NO = MN \times (BD - BE)$$
$$= (h - x) \, y = (h - x) \, \frac{ax}{h}$$

因此，

$$\frac{Sh}{a} = (h - x) \, x$$

由于 h 和 a 都是已经知道的定值，想要面积 S 最大，就需要 $\frac{Sh}{a}$ 也就是（$h - x$）和 x 的乘积达到最大值。而 $h - x + x = h$ 这个和也是一个定值。

所以，这个乘积将在两个乘数相等时最大，即

$$h-x = x$$

$$x = \frac{h}{2}$$

因此，所求矩形的 MN 边应该通过三角形高的中点，也就是连接着三角形两边的中点。所以，这个矩形的两边分别是 $\frac{a}{2}$ 和 $\frac{h}{2}$。

白铁匠的难题

【题目】有一位白铁匠接到一个任务，要求用一张 60 厘米见方的白铁皮做出一个盒子，这个盒子不用做盒盖，但是要有正方形的盒底，并且必须保证容量最大。这位白铁匠拿尺子反复测量，思考了很长时间，还是不知道要将每边折进去多宽才能做出这个盒子。那么你能帮助白铁匠解决这个难题吗？

【解答】如图 100 所示，我们假设各边应该折进去 x 厘米。那么正方形盒底的边长就将等于（$60 - 2x$）厘米。我们可以用以下算式表示盒子的容积 V：

$$V = （60-2x）（60-2x）x$$

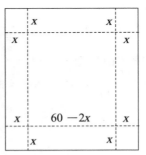

图 100

当 x 取什么数值时，这个乘积才能得到最大值呢？如果这三个乘数的和

是一个定值，那么自然三个乘数相等的时候就是这个乘积最大的时候。但是这里三个乘积的和是 $60-2x+60-2x+x=120-3x$，它会随着 x 的变化而变化，并不是一个定值。

当然，我们可以想办法使三个乘积的和为一个定值，那就是将上式等号两边各乘以 4，于是就可以得到：

$$4V=4x\left(60-2x\right)\left(60-2x\right)$$

这些乘数的和等于：

$$60-2x+60-2x+4x=120$$

这是一个定值。所以，这三个乘数的乘积，将在三个乘数彼此相等的时候达到最大值，于是就可以得出：

$$60-2x=4x$$
$$x=10$$

这时候，$4V$ 将会达到它的最大值，当然 V 也同样达到最大值了。

也就是说，那位白铁匠只要把白铁皮的每一边折进去 10 厘米，就可以得到最大容量的盒子了。而这个最大容量就是 $40\times40\times10=16\,000$（厘米³）。如果白铁匠把每一边的白铁皮多折进去 1 厘米或少折进去 1 厘米的话，所造成的结果就是盒子的容量将减小。我们举例说明一下，比如：

$$9\times42\times42=15\,876\text{（厘米³）}$$
$$11\times38\times38=15\,884\text{（厘米³）}$$

无论哪一种情况，都要小于 $16\,000$ 立方厘米。

车工的难题

【题目】如图 101 所示，一位车工接到一个工作，需要在一个圆锥形的材料上车出一个圆柱来，要求去掉的材料必须最少。这位车工想：是车出一个细长的圆柱合适，还是车出粗些、短些的圆柱才合适？他想了好久还是决定不了到底该车出什么样的圆柱，才能使削去的材料最少，换句话说，也就是得到的圆柱体积最大。那么他究竟需要如何做呢？

图 101

【解答】对于这个问题，需要利用几何学谨慎作答。如图 102 所示，假设 △ABC 是这个圆锥通过轴线的截面图：它的高是 BD，用 h 来表示；底面半径是 AD，用 R 来表示，同时 AD = DC。截面 MNOP 就是可以从圆锥中车出的圆柱的截面。

首先，要计算出体积最大的圆柱的上底与圆锥顶点 B 之间的距离 BE，用 x 来表示。

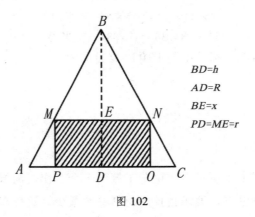

$BD=h$
$AD=R$
$BE=x$
$PD=ME=r$

图 102

然后，就可以用下列算式将圆柱的底面半径 r（PD 或 ME）计算出来：

$$ME : AD = BE : BD$$

即

$$r : R = x : h$$

从而得出

$$r = \frac{Rx}{h}$$

由于圆柱的高 ED 就是（$h - x$），所以它的体积就等于：

$$V = \pi \left(\frac{Rx}{h}\right)^2 (h - x) = \pi \frac{R^2 x^2}{h^2} (h - x)$$

可以得到

$$\frac{Vh^2}{\pi R^2} = x^2 (h - x)$$

在 $\frac{Vh^2}{\pi R^2}$ 中，h、π 和 R 都是定值，只有 V 不是。我们现在要将 x 的值求出来，使 V 成为最大值。很明显，假如 V 成为最大值了，那么 $\frac{Vh^2}{\pi R^2}$ 也就是 x^2（$h -$ x）也一定是最大值。那么，x^2（$h - x$）什么时候才是最大值呢？这里我们有 x、x 和（$h - x$）这么三个不定值的乘数。如果它们的和是一个定值的话，那么它们的乘积将在三个乘数相等的时候达到最大。要让这三个数的和成为定值也很容易，只要把刚才那个等式的两边各自乘以 2 就可以了。于是，可以得到：

$$\frac{2Vh^2}{\pi R^2} = x^2 (2h - 2x)$$

这时，右边部分的三个乘数之和已经是一个定值：

$$x + x + 2h - 2x = 2h$$

所以，它们的乘积，将在三个乘数相等的时候达到最大值，也就是：

$$x = 2h - 2x$$

$$x = \frac{2h}{3}$$

那时，$\frac{2Vh^2}{\pi R^2}$ 也会随之达到最大值，进而圆柱的体积 V 也会达到最大值。

由此，我们就找到车出这个圆柱的方法了：圆柱的上底面与圆锥顶点的距离应该相当于圆柱高的 $\frac{2}{3}$。

怎样拼接木板？

如图 103 所示，在制作一些东西时，你经常会遇到手头的材料并不是你所需尺寸的情况吧。

图 103

每当此时，你所能做的便只有改变材料的大小。在这方面，许多问题需要几何学和计算的帮助才能得以解决。

【题目】假如你需要一块长 100 厘米、宽 20 厘米的木板来制作一个书架，但是你手头上的木板不但短而且宽，比如是一块长只有 75 厘米，宽却有 30 厘米的木板。那么你怎么办呢？当然，你可以沿着长边从木板上锯下一条宽 10 厘米的窄木板来，再把这条窄木板锯成 3 段长 25 厘米的小木板，并将其中两段接到长木板上去。

如此做法，在施工次数上要锯 3 次，拼 2 次，即不经济，也不够坚固——两块木板相接之处不会很坚固。

请你想出一个方法，能够接长这块木板，但是有一个条件：只许锯 3 次，拼 1 次。

【解答】如图 104 所示，应该沿着对角线 AC 将木板 $ABCD$ 锯开，然后沿着对角线把两块三角形木板错开一段距离 C_1E，C_1E 就与原有木板所短的长度相等，也就是 25 厘米。此时，两块木板的总长度恰好等于 1 米。现在把它们在 AC_1 处用胶拼合起来，锯掉多余的部分，即阴影部分的两个小三角形，所需要的木板就得到了。

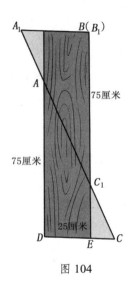

图 104

根据 △ADC 和 △C_1EC 相似，可以得到：

$$AD : DC = C_1E : EC$$

$$EC = \frac{DC}{AD} \times C_1E$$

$$EC = \frac{30}{75} \times 25 = 10 （厘米）$$

因此，$DE = DC - EC = 30 - 10 = 20 （厘米）$。

最短的路程

在本章的最后，我们再介绍一下可以用极简单的几何作图解决的"极大和极小"的问题。

【题目】如图 105 所示，要在一条河边建筑一座水塔，用水管从那里向 A、B 两个村庄供水。

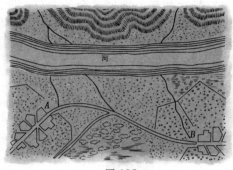

图 105

那么，要使从塔到两个村庄所用到的水管总长度最短的话，这个水塔应该建在什么地方？

【解答】实际上，这个题目可以改为：从 A 点先到岸边一点再到 B 点的最短距离应该怎样计算出来？

如图 106 所示，我们先假设所求的路线是 ACB。然后我们沿 CN 将图折起。由此可得到一个点 B′。如果 ACB 是最短的路线，那么，因为 CB′ = CB，相比任何路线（例如 ADB′）来说，ACB′ 就该最短。这就是说，只要找出直线 AB′ 和岸边相交的 C 点，就可以求出最短的路线了。在不考虑其他条件的情况下，C 点即建造水塔的最佳位置。

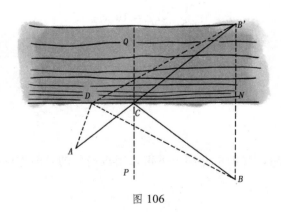

图 106